KB109524

클래식
클라스

클래식
클라스

초판 1쇄 발행 | 2021년 1월 21일
초판 2쇄 발행 | 2021년 2월 5일

지은이 | 이인현
펴낸이 | 박영욱
펴낸곳 | 북오션

편 집 | 이상모
마케팅 | 최석진
디자인 | 서정희 · 민영선

주 소 | 서울시 마포구 월드컵로 14길 62
이메일 | bookocean@naver.com
네이버포스트 | post.naver.com/bookocean
페이스북 | facebook.com/bookocean.book
인스타그램 | instagram.com/bookocean777
전 화 | 편집문의: 02-325-9172   영업문의: 02-322-6709
팩 스 | 02-3143-3964

출판신고번호 | 제2007-000197호

ISBN 978-89-6799-566-9 (03810)

이 도서의 국립중앙도서관 출판예정도서목록(CIP)은 서지정보유통지원시스템
홈페이지(http://seoji.nl.go.kr)와 국가자료공동목록시스템
(http://www.nl.go.kr/kolisnet)에서 이용하실 수 있습니다.
(CIP제어번호: CIP2020054522)

클래식
클라스

제1회
『우수오디오북콘텐츠』
최초선정작

한국출판문화산업
진흥원

이인현 클래식 에세이
CLASSIC CLASS

 북오션

친구들이 말했다.

"클래식은 지루하고 어렵잖아. 사실 들어도 잘 모르겠어."

"그런데 말이야. 지루하고 어렵다고 말하면서도 싫지는 않아. 마음에 끌림이 있는 거지. 나이 드니까 차분해지고 고상해지고 싶어서 그러는 걸 수도 있고……. 클래식을 듣는다고 하면 왠지 교양 있어 보이잖아. 꼭 보여 주려고 그러는 건 아니지만 기회가 된다면 좀 알고 싶어.

마음은 그렇지만 선뜻 용기는 잘 안 나서 문제지. 도대체 어디서 어떻게 시작해야 하는지도 모르겠고, 무엇을 들어야 할지도 모르겠고, 생각하니 막막하네."

그랬다.

그들은 클래식을 싫어하는 게 아니었다.

어떻게 해야 할지 몰랐을 뿐이었다.

난 친구들의 상상력을 자극해 보기로 했다.

"드뷔시라는 프랑스 작곡가가 만든 '물의 희롱'이라는 곡이 있어. 그걸 들어봐. 그냥 듣지 말고 지금 내가 하는 말을 상상하면서 들어봐.

너는 지금 잔잔한 호수에 혼자 있어. 저녁인데 바람이 살짝 부는 거지. 바람 때문에 나무들이 조금씩 흔들리고, 물도 조금씩 출렁거리고 있어. 고개를 들어 하늘을 봐봐. 온 하늘을 수놓은 별들은 은은한 광채를 내고 선명한 달은 너를 환하게 비추고 있어. 차갑지만 선선한 공기가 너를 감싸고, 복잡하고 어지러운 생각은 점점 자리를 찾아가."

며칠 후 친구에게서 연락이 왔다.

"상상하면서 들었는데, 대박이야. 사실 네가 상상해보라고 했을 때 좀 반신반의 했거든. 얘가 나랑 장난하나. 미쳤나. 이렇게까지 해야 하나 하면서……. 예전에 음악을 그냥 들었을 때는 뭐야? 이랬는데 상상하면서 들으니까 완전 와닿아.

5분짜리 곡인데 뻥 좀 보태서 50분짜리 영화를 본 것 같은 느낌이야. 이래서 클래식, 클래식 하는 거니? 고마워. 이런 거 알려주는 책이나 프로그램 있으면 난 매일 듣고 볼 텐데.

혹시 있어?"

클래식에 눈을 뜬 친구와의 대화가 끝나고 갑자기 말도 안 되는 도전 정신이 발동했다.

까짓것 내가 만들지 뭐!

클래식 대중화에 기여해 보겠어!

그렇게 이 책은 시작되었다.

생각해보면 그렇다.

우리는 대중음악을 대할 때 음악만 듣고 그 음악을 평가한다. 그 음악에 대한 이론과 배경은 묻지도 따지지도 않은 채.

하지만 클래식을 대할 때는 음악만 듣고 평가하지 않는다.

클래식을 말하려 하면 배경 지식이 없고 잘 모른다면서 발을 뺄 뿐이다.

여기에 들으면 졸리다는 말도 보탠다(30년 넘게 클래식 음악과 함께해 온 나도 가끔 클래식을 들으면 졸리다).

독일의 유명한 철학자가 말하길, 원래 듣기 좋은 음악은 잠이 오는 법이다.

클래식을 들어서 졸린 건 음악을 몰라서 졸린 게 아니라 그 음악이 당신 마음에 안정과 편안함을 주었기 때문이다.

이론과 배경을 몰라도 전혀 문제가 안 된다는 것.

음악만 듣고도 좋다고 충분히 말할수 있다는 것.

좀 듣다 보면 생각보다 지루하지 않고 중독성이 강하다는 것.

남자랑 아픈 이별을 했다면서 발라드를 들으며 흐느끼는 친구에게 말해 주고 싶었다.

클래식을 들으면서 충분히 오열할 수 있다는 걸.

스트레스 때문에 밤 12시에 EDM을 들으며 강변북로를 달리는 친구에게 말해 주고 싶었다.

80인조 오케스트라 연주를 들으면서 헤드뱅잉이 가능하다는 걸.

꽃놀이 하러 주말에 썸녀랑 드라이브 간다면서 잔잔한 사랑 노래를 검색하는 친구에게 말해 주고 싶었다.

잔잔한 현악 소리에 감정 없는 두 남녀도 세상 둘도 없는 연인이 될 수 있다는 걸.

음악은 언어가 없다. 단지 소리로만 사람의 감정과 마음을 어루만진다.

나는 클래식 음악을 통해 당신의 감정과 마음을 움직이는 마법을 부리고자 한다.

나와 함께 조금만 상상해 보고 생각해 보자.

두려울 수 있다. 어려울 수 있다. 고민할 수 있다.

하지만 당신은 기가 막힌 음악을 온몸으로 느낄 수 있다.

조금만 용기를 내보자.

당신은 잊지 못할 놀라운 경험을 하게 될 것이다.

이 책은,

작곡가의 시선과 나의 시선으로 구성돼 있습니다.

작곡가의 시선은 작곡가가 왜 이 곡을 만들었는지에 대한

설명이 에세이 형식으로 쓰여 있고, 나의 시선에는 내가 이

음악을 듣고 상상하고 느낀 점을 담았습니다.

작곡가의 시선은 사실에 가까운 이야기이지만,

나의 시선은 지극히 주관적인 이야기입니다.

독자분께서 좀 더 쉽게 클래식과

가까워지는 데 도움을 드리고자

저의 생각을 적어 보았습니다.

음악에는 답이 없어요.

사람이 각자 개성이 다른 것처럼,

저와 생각이 다를 수 있어요.

당신의 머릿속에 떠오르는 생각이 당신께 어울리는 옷이

에요. 저의 도움이 아닌 당신 스스로 상상할 수 있다면 저는

더 좋아요.

모든 게 다 답입니다. 걱정마시고 마음껏 즐기세요.

나와 매일 지지고 볶는 사랑하는 남편,

금이야 옥이야 키워주신 내 사랑 엄마, 아빠,

하나밖에 없는 나의 소울메이트 내 동생,

항상 응원해 주시고 믿어 주시는 미국 어머님, 아버님,
내 일을 본인 일처럼 여겨 주는 연진, Lexy,
나에게 선한 영향력을 주는 오탈자 봐준 실비아,
기회를 주신 이상모 편집장님께 감사드립니다.

일러두기

- 인국 인명, 지명은 국문을 우선으로 했으며, 국립국어원의 외래어 표기법을 따르되 필요한 경우 영문명을 병기했고, 몇몇 경우에는 관용적 표기를 따랐습니다.
- 곡명과 작품명은 통용되는 제목을 따르되, 병용되는 제목은 저자의 해석에 따랐습니다.
- 작품명과 곡명은 홑낫표(「 」), 도서는 겹꺾쇠표(《 》), 시·신문·잡지·영화·전시·공연·방송 프로그램 등은 홑꺾쇠표(〈 〉)로 표기했습니다.
- 각장 끝에 곡의 이해를 돕기 위해 유튜브 음원과 연결되는 QR코드를 기재했습니다. 이는 참고자료로 원작자 및 저작권자의 사정에 따라 이동 혹은 삭제될 수 있음을 양해해 주시기 바랍니다.

차례

Ⅰ 사랑 이야기

II 세상 이야기

Ⅲ 음악과 그림 이야기

IV 인생 음악 이야기

I

사랑 이야기

나 왔는데 너는 어디 간 거니

요한 세바스찬 바흐 '샤콘느'
Johann Sebastian Bach "Chaconne"

클래식 역사상 손에 꼽을 정도로 슬픈 곡.

애잔하면서 마음 깊이 여운이 남는 곡.

가슴 찢어지게 찌릿한 비통한 곡.

바흐(J.S bach)

마리아 바흐(바흐의 부인)

바흐의 시선

사랑하는 그녀가 떠났다.

가장으로서 가족을 먹여 살려야 했다. 나의 의견 따위는 없었다. 돈벌이를 위해 나는 마차에 올랐다. 연주 여행이 끝나고 집으로 돌아왔을 때 나를 기다리는 건 울고 있는 일곱 명의 자식뿐이었다. 그렇게 건강했던 그녀였는데, 그녀의 마지막 길을 배웅조차 하지 못한 나 자신이 너무 싫었다.

허무했다. 모든 게 무너지는 듯했다.

세상에서 유일하게 나를 이해해 주고 사랑해 주고 지지해 주던 그녀였다. 마리아를 만나 난 안정을 찾았고 그렇게 원하던 가정을 이루었다.

마리아와 함께 토끼 같은 자녀 일곱 명과 행복하게 사는 게 나의 유일한 꿈이었는데…….

갑자기 사랑하는 사람을 잃은 나는 세상을 잃은 듯했다. 무엇을 어떻게 해야 할지 몰랐다.

아무것도 할 수 없었다.

내가 왕자를 따라 여행을 가지 않았다면 마리아를 떠나보내지 않았을 거라는 생각이 들었다.

궁정의 악장을 그만두고 싶었다. 일을 할 정신이 아니었다. 특히 음악을 만들고 연주하는 건 더더욱 자신이 없었다. 하지만 나에게는 마리아가 남기고 간 토끼 같은 아이들이 있었다. 엄마를 잃은 아이들이 의지할 사람이라곤 오직 나뿐이었다. 내 감정에 치우쳐 무모한 결정을 내릴 수도 없었다. 그들은 나만 바라보고 있었다. 아이들을 위해 열심히 살아야만 했다.

하지만 아내를 잃은 나의 슬픔은 시간이 지날수록 점점 강해져갔다. 이 괴로움은 견디기가 어려웠다.

나는 살기 위해, 견뎌내기 위해, 그녀와의 이별을 받아들이기 위해 펜을 들었다.

세상에서 가장 슬픈 사람이 나였고, 가장 불쌍한 사람이 나였다. 나의 마리아를 영원히 볼 수 없다는 생각에 내 감정의 소용돌이는 거침없이 몰아쳤다.

처음에는 아무 느낌이 없었다. 거짓말 같았다. 단지 슬픈 감정만 조금씩 얼굴을 내밀 뿐.

시간이 흐르자 그녀의 죽음은 나에게 큰 현실로 다가왔다.

슬픔은 절규로 변했고 비통함으로 바뀌었다.

그렇게 그녀를 향한 내 감정과 마음을 오롯이 담은 「샤콘느」가 완성되었다.

마리아를 향한 나의 뜨거움을 주체할 수는 없었지만 최대한 이성적이고자 노력했다.

그래야만 나의 진심이 음악에 묵묵히 묻어남을 누구보다 잘 알고 있었다. 세상에서 가장 존중하고 사랑하는 그녀에게 바치는 마지막 선물이기에, 나는 내가 음악가로서 할 수 있는 모든 역량을 쏟아부었다.

마지막으로 우리의 사랑, 그리고 떠나간 내 사랑, 마리아를 존중하는 나만의 방식이었다.

브람스는 평생 짝사랑한 클라라에게 쓴 편지에서 바흐의 샤콘느를 이렇게 말했다.

"…「샤콘느」는 나에게 가장 경이적이며 가장 신비로운 작품의 하나입니다. 그 작은 악기를 위해서 바흐는 그토록 심오한 사상과 가장 힘찬 감정의 세계를 표현한 것입니다. 내 자신이 어쩌다가 영감을 얻어 이 작품을 썼다고 한다면 나는 너무나 벅찬 흥분과 감동으로 미쳐 버리고 말았을 것임에 틀림없습니다. 일류의 바이올리니스트가 가까이 없다면 그것을 그저 마음 속에서 울리게 해보기만 해도 더할 수 없이 황홀한 음악이 샘솟을 겁니다……."

　내가 처음 접한 「샤콘느」는 애석하게도 바흐의 「샤콘느」가 아닌 부조니의 「샤콘느」였다.

　슬펐지만 너무 화려했고, 마음이 찌릿했지만 무언가 웅장했다. 아름답고 좋은 곡이었지만 내가 상상해 오던 「샤콘느」는 아니었다. 내가 너무 기대를 하고 들었던 탓인가, 아니면 부조니가 편집을 너무 화려하게 한 건가?

　내 머릿속은 갑자기 복잡해졌다.

　나는 마음을 다잡고 두려움 반 기대 반으로 바이올린 소리로 가득한 바흐의 「샤콘느」를 듣기 시작했다.

　첫 음을 듣는 순간, 난 아무것도 할 수 없었다.

　내 귀는 음 하나 하나에 집중했고, 몸은 뻣뻣하게 굳었다. 내 눈동자는 초점을 잃은 채 음을 느끼고 있었고 불안정한 호흡으로 깊은 한숨이 나오기도 했다. 내 머릿속은 슬픈 장면으로 가득 찼고 내 심장은 슬픔으로 뒤섞인 채 두근거리고 있었다.

　음악은 슬펐고, 바이올린 소리는 구슬펐다.

　음 하나하나가 가슴을 후볐다.

　지나간 사랑의 추억이 필름처럼 내 머릿속을 지나갔고, 음들의 울림은 우리가 함께 느끼던 감정을 불러일으켰다.

찬란하던 순간들이 눈앞에 펼쳐졌고 함께 울고 웃었던 모습이 너무나도 생생하게 느껴졌다. 헤어진 사람에 대한 나의 온갖 감정이 살아나는 순간이었다.

난 그렇게 「샤콘느」를 만났다.

이 곡을 들을 때면 난 꼭 위스키와 함께했다. 위스키여야만 했다. 화려하고 불꽃같은 사랑을 잃은 슬픔은 와인과 보드카로 달래기에는 역부족이었다. (나에게 와인은 순진한 사랑, 독한 보드카는 아픔과 상처로 얼룩진 사랑 같은 거다.)

행복했던 순간은 꿈처럼 느껴졌고 죽일 듯이 미웠던 감정은 추억의 한 페이지가 되었다. 사는 게 바빠 잊고 살았던 사랑의 설렘과 열정이 음악을 듣고 있자니 다시 수면 위로 올라오는 듯했다. 사랑만이 인생의 전부라고 외치던 이십대 그 시절이 생각났다.

내 심장을 주어도 아깝지 않을 불타는 사랑을 하겠다던 나였다. 가슴 떨리고 열정적인 사랑은 나의 삶에서 가장 중요한 부분이었다.

나이를 먹어 가면서 그런 사랑은 쉽게 찾아오지 않는다는 걸 알았고, 영화 같은 사랑은 영화에만 존재한다는 걸 알았다. 나는 점점 설레는 사랑에 무덤덤해졌다.

그러던 와중에 듣게 된 「샤콘느」는 현실에 지쳐 있는 나에게 단비 같은 음악이었고, 음악을 통해 숨어 있던 사랑의 세포가 깨어나기 시작했다. 연인을 보내는 비통함에 젖은 음악이지만 나에게는 목숨 같은 사랑을 보여 주는 음악이었던 것이다. 절절한 사랑을 해본 그가 만든 음악이어서 나에게 더 그렇게 다가왔는지도 모른다.

나는 현실에 순응해 갈 때마다 감정만은 무뎌지지 않게 이 음악을 들었고, 이 음악은 그럴 때마다 나를 위로했다. 그렇게 잠시 비련의 여주인공, 사랑하는 연인을 떠나보낸 주인공이 되었다.

떠나보낸 연인이 생각난 그날, 젊었던 과거의 열정적인 나를 보고 싶은 그날, 왠지 모르게 센티멘탈 해지고 싶은 그날, 하늘이 너무 어두워 술이 생각나는 그날, 이 곡이 당신의 마음속 깊이 숨어 있던 감정을 흔들어줄거라 굳게 믿는다.

현실에 무뎌진 나를 잠시나마 깨워주면 어떨까 싶다.

 여러분의 클래식
클라스를 위해

사랑해, 내 인생에서 여자는
너 하나뿐이야

에드워드 엘가 '사랑의 인사'
Edward Elgar "Salut d'amour"

엘가의 시선

피아노 반주를 좀 가르쳐줄 수 있느냐는 의뢰가 들어왔다.

무명의 바이올리니스트이자 고등학교 음악 선생님인 나에게 말이다.

경제적으로 힘들어하던 나에게 새로운 일자리는 마른 하늘에서 내린 단비 같았다. 마다할 이유가 전혀 없었다.

나는 흔쾌히 승낙하고 학생을 만나러 갔다. 앨리스는 나보다 여덟 살이나 많았고, 여러 면에서 뛰어난 학생이었다. 군인인 아버지를 따라 여러 나라를 돌아다녀서인지, 할 줄 아는 언어가 꽤 많았다.

또한 그녀는 글 쓰는 능력까지 탁월해서 작가이자 소설가로 활동 중이었다. 아버지의 은퇴로 그녀 역시 정착을 결심하면서 정식으로 피아노 반주를 배우고자 했다. 나와 앨리스는 선생님과 학생으로 처음 만났다.

가난한 집안의 아들로 태어난 나에게 제대로 된 교육은 사치였다. 그래서 나는 항상 배움에 목말라 있었고 지대한 관심을 갖고 있었다. 명문가 집안에서 수준 높은 교육을 받은 앨리스는 선망의 대상이자 멋진 학생이었다. 서로에 대한 존중을 담은 우리의 수업은 안정적으로 잘 진행되었다.

어머니의 죽음으로 그녀가 잠깐 방황하긴 했지만 우리의 만남은 지속되었다. 우리의 신분은 달랐지만 시간이 지날수록 우리는 학생과 선생님의 관계를 넘어 진지한 관계로 발전해 갔다.

그녀가 나보다 여덟 살이나 많다는 건 나에겐 전혀 문제가 되지 않았다. 제대로 음악 교육을 받지 못해 항상 내 음악에 자신감이 없던 나에게 앨리스는 든든한 지원군이었다.

그녀는 나의 음악적 재능에 용기와 격려를 아끼지 않았다. 사실 그녀는 하늘이 나에게 내려준 빛과 같은 존재였다. 함께하는 3년 동안 상대방에 대한 믿음과 확신은 점점 강해졌고 우리는 평생을 함께하길 원했다. 하지만 나와 워낙 다른 그녀이기에 앨리스의 집안에서는 우리의 결혼을 허락하지 않았다.

내가 그녀보다 여덟 살이 어리다는 점, 그녀의 가족이 믿는 개신교가 아닌 가톨릭을 믿는다는 점, 기사 작위를 가진 그녀의 가문과는 다르게 가난한 노동자 집안이라는 점, 마지막으로 돈 없는 무명 음악가라는 점에서 나를 원하지 않았다. 하지만 우리의 사랑은 그 무엇보다 단단했다. 집안의 강력한 반대에도 우리는 끄떡하지 않았다. 그 어떤 것보다 서로를 원했다. 물론 지금 가진 건 없지만 그녀와 함께라면 무엇이든 할 준비가 되어 있었다. 그녀 또한 자신이 가진 모든 것을 포기할 만큼 나와 함께하길 원했다(그녀는 자신의 상속권을 포기했다).

그러던 어느 날, 그녀는 자신이 만들었다며 시 〈바람 부는 새벽(The Wind At Dawn)〉을 나에게 선물했다. 그녀의 시는 정말 아름다웠다. 시로만 간직하기에는 아쉬울 만큼……. 나는 그녀의 시에 그녀를 향한 나의 열정적이고 간절한 사랑을 담은 곡을 붙였다.

그녀에게 프러포즈하던 날, 나는 표지에 '내 약혼녀 앨리스에게 바칩니다'라는 말과 함께 음악 「사랑의 인사(Salut d'amour)」를 선물했다. 이렇게 서로의 변함없는 사랑을 확인

한 우리는 만난 지 3년이 지난 이듬해 그녀의 이모와 삼촌,
나의 부모님과 친구 앞에서 조촐하게 결혼식을 올렸다.

바람부는 새벽

– 캐롤라인 –

그리고 바람, 바람은 태양을 만나러 나갔다
밤이 끝나는 새벽에,
그리고 그는 고상한 경멸에 구름을 쌓을 때
바람이 잘 통하는 열차에 몰려 들었다.
지구는 회색이었고 회색은 하늘이었다.
별들이 죽어야 하는 시간에
달은 그녀의 슬프고 희미한 불빛 속으로 도망쳤고
그녀의 왕국은 밤에 사라졌다.
그런 다음 태양은 힘으로
그리고 세상은 시간을 울려 깨어났다.
그의 눈썹의 키스로 바다가 붉어졌고
영광과 빛의 눈이 있었다.
그의 황갈색 갈기와 새싹의 얽힘

폭발과 돌진으로 바람을 뛰어넘으라.

보이지 않는 그의 힘과 승리로

그는 아침을 만나러 나아간다!

나의 시선

결혼식에 가면 항상 나오는 곡.

레스토랑 가면 항상 나오는 곡.

제목은 몰라도 음악은 아는 곡.

「사랑의 인사」는 나에게 그런 곡이었다. 클래식 음악이지
만 클래식 음악이 아닌 것 같은……. 배경 음악으로만 들어
온 곡이라 처음에는 그다지 흥미가 없었다.

그러던 어느 날 우연히 KBS 〈클래식 오디세이〉에서 바이
올리니스트 장영주 씨의 연주를 들었다.

분명 지금까지 수천 번 들어본 「사랑의 인사」였는데 그날
은 아니었다. 태어나서 처음 들어본 듯한 곡이었다. 난 갑자
기 하던 일을 멈추고 내 귀에 있는 모든 세포를 집중시켰다.

피아노와 바이올린의 조화로움은 따뜻한 분위기를 만들
었고 그 따뜻한 기분은 내 몸을 감싸는 듯했다.

나는 가만히 눈을 감았다.

눈이 내리는 어느 크리스마스 날, 나는 따뜻한 벽난로와 커다란 크리스마스 트리가 있는 거실 창가에 앉았다. 뜨거운 코코아를 마시며 하늘에서 소복소복 내리는 눈을 바라보며 한 해를 마감하고 있었다. 연말이라 아무래도 모임이 꽤 있었지만 시끄러운 파티에 가기보다 한 해 동안 수고한 나를 위해 집에 머물렀다. 오롯이 나만의 시간을 원한 나에게 지금 이 순간은 참으로 따뜻하고 편안했다. 때마침 라디오에선 「사랑의 인사」가 흘러나오고 있었다. 결혼식장에서 무심코 듣던 음악이 아니었다. 레스토랑에서 흘려듣는 음악도 아니었다. 음악이 화려하지는 않았지만 깊이가 있었고 단순한 것처럼 느껴졌지만 굉장히 서정적이었다.

난 이렇게 '사랑의 인사'를 다시 만났다.

작곡가가 이 곡을 통해 말하고 싶어 하는 이야기가 정말 궁금했다. 그랬다. 그는 가진 게 없었다. 그가 가진 거라곤 음악적인 재능이 전부였다.

곡을 만들어 선물하는 게 사랑하는 그녀를 위해 그가 할 수 있는 유일한 방법이었다.

가진 것 하나 없는 그가 뭐가 좋다고, 모든 걸 포기하는 앨리스. 그는 그녀가 얼마나 고맙고 그녀에게 미안했을까. 고맙고 미안한 감정을 표현하려고 그는 얼마나 많은 고민을 하면서 곡을 만들었을까. 생각하면 생각할수록 단순한 선율이 사랑의 절제를 보여주는 것 같아 더 간절하게 느껴졌다.

사랑하는 그녀와의 행복과 즐거움 또한 음악에 담겨 있기에 밝은 무드는 내 입가에 미소를 머금게 만들었다.

썸 타는 연인에게 사랑을 고백하거나, 사랑하는 연인에게 다시금 내 사랑을 속삭이고 싶다면, 결혼식의 배경 음악이 아닌, 곡에 담긴 진심을 생각하면서 이 음악과 함께한다면,

당신의 사랑도 엘가처럼 해피엔딩이 되리라 믿는다.

사랑한다면 이 음악과 함께 말해 보세요.

세상이 더 따뜻해질 거예요. 혼자보다는 함께가 좋아요.

 여러분의 클래식
클라스를 위해

단지 결혼을 위해서가 아니에요

펠릭스 멘델스존 '결혼 행진곡'
Felix Mendelssohn "Wedding March"

멘델스존의 시선

나는 어려서부터 책 읽는 걸 좋아했다. 책과 함께라면 나는 뭐든 할 수 있었다. 내 머릿속은 항상 책 이야기로 가득했고 나의 상상대로 새로운 이야기가 만들어졌다. 책은 나의 보물창고였다. 철학자인 할아버지와 은행장인 아버지 덕분에 우리 집에는 항상 책이 있었다.

그러던 어느 날, 피아노를 배우는 누나를 보며 피아노에 대한 호기심이 발동했다.

남자 아이였지만 엄마를 졸라 본격적으로 피아노를 배운

나는 책이 아닌 더 신기하고 재미있는 음악의 세계로 점점 빠져들었다. 책을 보며 상상만 하던 것을 음악으로 표현하는 게 가능해진 것이다. 이제 더 이상 나 혼자 머릿속으로 상상할 필요가 없어졌다. 나는 내가 느끼는 모든 것을 음악으로 표현하기 시작했다.

여전히 문학에 심취해 있던 열일곱 살의 나는 번역 일을 하는 사촌 형 덕분에 독일어로 된 셰익스피어의 《한여름 밤의 꿈》을 읽을 기회를 얻었다. 셰익스피어는 유럽 전역에서 가장 인기 있는 극작가였고, 그의 작품을 안 읽어본 사람을 찾기 어려울 정도로 유명했다.

그의 책은 그야말로 대박이었다.

책 내용은 나의 상상력을 끝없이 자극했고 책에 등장하는 요정의 세계는 나의 감수성을 더욱 풍부하게 만들었다. 내 눈을 통해 머릿속으로 들어간 내용은 장면으로 이미지화되었고, 인물과 내가 동일시돼 그들이 느끼는 감정이 곧 나의 감정이었다. 그렇게 나는 점점 책에 빠져들었다.

이 작품은 내가 지금까지 본 것 중에서 단연 으뜸이었고, 그토록 찾아 헤매던 이야기였다.

벅차오르는 감동과 주체할 수 없는 이 마음을 나는 어찌해야 할지 도통 몰랐다.

나 혼자만 느끼기엔 무척 아쉬웠다. 내게 큰 감명을 준 이 책을 위해 특별한 무언가를 하고 싶었다. 상상하고 느끼는 모든 것을 음악으로 표현하는 나에게 이 희곡은 기가 막힌 소재였다.

지금 나의 상태라면 음악 작업은 10분 만에 완성될 만큼 나는《한 여름 밤의 꿈》에 미쳐 있었다.

현실과 꿈을 넘나드는 스토리를 음악으로 표현한다는 게 쉽사리 용기가 안 나고 막막할 수도 있겠지만 나는 그저 좋았고 설렜다. 나의 음악적 재능, 내가 아는 모든 음악적 지식 그리고 나의 상상력을 총 동원해 서곡「한여름 밤의 꿈」을 만들었다. 사람들은 열일곱 살 소년이 만든 이 곡에 찬사를 보냈다. 그들은 열일곱 살이라는 나이에 의미를 두었지만 나는 내가 미쳐 있던 희곡에 걸맞은 음악을 만들었다는 데에 의의를 두었다.

《한여름밤의 꿈》은 시간이 지나도 내가 최고로 애정하는 희곡이고, 기회가 된다면 꼭 무대에 올려 보고 싶은 작품이었다. 그런 마음을 항상 갖고 있어서 그런지 모르겠지만, 나는 기악곡뿐 아니라 연극 음악 작곡에도 열을 올렸다. 그러던 어느날, 프로이센 왕국의 왕 프리드리히 빌헬름 4세로부터 연락이 왔다. 나의 작품인 소포클레스의 「안티고네」를 보고 난 다음이었다. 내 음악에 큰 감동을 받은 그가 자신을 위해 연극 음악을 만들어 달라고 요청한 것이다. 왕을 위해 작품을 만드는 일을 나는 기꺼이 수락했고, 그에게 걸맞은 음악을 만들고자 끊임없이 생각했다. 그때였다. 어렸을 때부터 지금까지 내 가슴속에 간직해 오던 그 작품,《한 여름밤의 꿈》이 생각났다. 그랬다. 그 작품이었다. 나는 한치의 망설임도 없이 음악을 만들기 시작했다.

나를 열일곱 살 천재로 불리게 한 서곡 '한 여름밤의 꿈'을 꺼내들었다. 곡에 살을 붙이기 시작했다. 과거에 비해 나는 음악적으로도, 정신적으로도 성숙해졌다. 좀 더 섬세하고 다양한 음악적 표현이 가능했다. 원석을 다듬고 또 다듬어 다이아몬드가 만들어지듯, 음악을 다듬고 또 다듬었다. 모든 공을 들였고 매순간 최선을 다했다. 왕의 부탁으로 시작된 프로젝트였지만 마음속에 항상 지니고 있던 소망이 이루어지는 순간이었다. 하나의 곡으로 구성된 서곡이 열두 개의 곡으로 이루어진 대작으로 거듭났으며 「결혼행진곡」은 그중 하나였다. 결혼식 장면은 이 작품의 피날레이자 클라이맥스 부분으로 가장 아름답고 성대하게 표현해 내고 싶었다. 「결혼행진곡」이라는 이름으로 피날레를 위한 화려한 곡을 만든 것이다. 크고 웅장한 관악기로 열기를 더해 주고 오케스트라의 수많은 악기가 분위기를 이끌어 주었다. 누가 들어도 '왕자와 공주는 행복하게 살았답니다'는 해피 엔딩 이었다.

나의 시선

나에게 멘델스존은 그렇게 큰 존재감이 있는 작곡가가 아니었다. 모차르트, 베토벤, 쇼팽의 음악을 더 많이 접촉했기 때문에 그의 존재감은 미비했다.

내가 기억하는 건 멘델스존은 다른 음악가와 달리 유복하고 전통 있는 가문의 아들이라는 것과 병으로 세상을 일찍 떠난 음악가라는 사실뿐이었다. 타고난 가정환경 덕분에 큰 걱정없이 음악 공부를 한 그이기에 그의 음악은 대체로 밝았다.

이런 사실 때문인지, 아니면 그의 유복한 삶에 대한 나의 편견일지 모르지만, 그의 음악이 깊이 있다고 생각해본 적은 사실 없었다. 파란만장한 삶이 녹아 있는 음악을 좋아하는 나에게 그의 음악은 구미가 당기는 쪽이 아니었다. 그래서인지 반사적으로 그의 음악과 친해질 기회를 만들지 않

《한여름 밤의 꿈》 줄거리

아테네에는 처녀들이 반드시 아버지가 골라 주는 남자와 결혼해야 한다는 법이 있었다. 헤르미아는 라이샌더와 서로 사랑하는 사이였지만, 헤르미아의 아버지 에게우스는 라이샌더가 아닌 데미트리우스와 딸을 결혼시키고자 하였다. 헤르미아의 친구 헬레나는 데미트리우스를 사랑했지만 그는 헤르미아와의 결혼에만 관심이 있을 뿐 헬레나는 관심 밖이었다. 헤르미아와 라이샌더가 아버지 몰래 숲에서 만나 도망치기로 한 밤, 이를 알게 된 데미트리우스와 헬레나는 그들의 도망을 막기 위해 숲으로 온다. 한편 숲에 살던 요정의 왕 오베론은 왕비 티타니아를 골려주려고 장난꾸러기 요정 퍽에게 '사랑의 꽃'을 꺾어오라고 명령한다. 그 꽃즙을 자는 사람의 눈꺼풀에 바르면 눈을 떴을 때 처음으로 눈을 마주친 사람과 사랑에 빠지는 사랑의 묘약이었다.

오베론은 꽃즙으로 헬레나를 도와주려 하지만, 퍽의 실수로 데미트리우스와 라이샌더 둘 다 헬레나를 사랑하게 된다. 그러다 우여곡절 끝에 라이샌더는 다시 헤르미아를 사랑하게 되고 데미트리우스는 헬레나를 사랑하게 되면서 에게우스도 딸과 라이샌더의 결혼을 허락한다.

았다.

그러던 어느날, 석사과정 지도교수인 사샤는 나에게 멘델스존의 환상곡을 대뜸 추천했다.

멘델스존과 담 쌓은 나에게 이게 무슨 날벼락인가.

그렇다고 선생님이 손수 지정해 주신 곡을 무시할 만큼 나의 배포는 크지 못했다.

세상에 유명한 곡도 많은데 왜 하필 이 곡인 건지…….

고개를 갸우뚱하며 먼저 음악을 듣기 시작했다.

그리 길지 않았지만 음악에는 기승전결이 있었고, 내가 예상한 스타일이 아니었다. 그에 대한 나의 편견이 완전히 깨지는 순간이었다. 몽환적인 분위기와 함께 사랑의 애절함과 간절함이 적절한 밸런스를 유지하고 있었다.

멜로디는 우아하고 부드러웠으며, 신나고 빠른 부분은 정도를 지키고 있었다. 그는 감정에 충실했지만 이성을 잃지 않았고 선을 넘지 않았다. 연습을 하면 할수록 나는 그가 만든 멜로디에 빠져들고 있었다. 좀 더 그를 알고 싶었다.

그렇게 나는 그의 대표작 「한여름 밤의 꿈」을 마주하게 되었다.

이 곡을 빼놓고 멘델스존을 논하지 말라는 말을 할 정도로 곡의 상징성은 어마어마했다. 곡을 듣기 전, 책장에 꽂혀 있는 셰익스피어의 《한여름 밤의 꿈》을 꺼내 들었다. 현실에 순응하며 살아가는 나에게 이 작품은 뜬구름 잡는 이야기였다. 요정이 함께하는 꿈의 세계라니. 너무나도 낯설었다. 하지만 큰 마음을 먹고 꺼내든 책이라 이대로 포기할 수는 없었다. 코웃음을 치면서 한 장, 한 장 넘기다 보니 어느 순간 나도 모르게 내가 요정이 되어 있었다. 내 머릿속은 장면들로 가득했고, 영화《한여름밤의 꿈》을 만들고 있었다. 마지막 책장을 덮자마자 나는 바로 음악을 틀었다.

음악에는 다 있었다. 내가 상상하던 모든 것들이 살아 숨 쉬고 있었다. 그의 천재성에 함성이 터져나왔다.

어떻게 소리만으로 꿈과 환상의 세계를 표현할 수 있는지. 이래서 그를 천재라고 하는구나.

이렇게 놀라는 와중에 친숙한 「결혼행진곡」이 흘러나왔다.

결혼식에서 수도 없이 듣던 곡이지만 「한여름 밤의 꿈」의 일부분으로 듣는 「결혼행진곡」은 느낌이 달랐다.

좀 낯설었다. 항상 30초 만에 퇴장하는 신랑 신부의 모습에 익숙해져서인지 끝까지 들어본 음악은 새로웠다.

이 곡이 이렇게 웅장한 곡이었단 말인가.

금관 악기의 굵직하고 웅장한 팡파르 소리는 대관식에 어울릴 법했다. 관악기 뒤에 나오는 현악기들의 노랫소리는 참으로 우아하면서도 빈틈이 없었다. (곡을 들으면서 나는 18세기로 돌아가 허리를 확 조인 볼륨 있는 드레스를 입고 파트너와 함께 춤을 추는 상상을 했다.) 결혼을 위한 곡이라기보다 성대한 파티를 위해 만든 음악이었다. 피날레를 더 빛나게 하는 음악, 클라이맥스를 더욱 극적으로 보여주는 음악이라는 수식어가 어색하지 않을 정도의 음악이었다.

기회가 된다면 결혼식장에서 피아노 혹은 앙상블로 연주되는 30초 버전 말고 오케스트라가 연주한 풀버전을 듣기를 추천한다. 듣다 보면 화려한 궁전에서 우아하게 춤추는 자기 자신을 상상하고 있을 것이다.

현실을 살아가면서 가끔은 이 세상을 탈피할 필요가 있다는 생각을 한다. 사람들은 영화를 보면서, 드라마를 보면서 현실을 잊곤 한다. 그 또한 좋은 방법이지만 오늘은 음악에 생각을 맡겨보는 건 어떨까 싶다. 눈을 감고 이 음악과 함께 왕자와 공주가 되는 기분을 느껴보자. 잠시나마 자유로워진 자신을 발견하리라 믿는다.

사실은 말이야

결혼행진곡은 〈한여름밤의 꿈〉이라는 연극에 쓰이는 곡이었다. 멘델스존이 죽고 나서, 1858년, 영국의 빅토리아 공주가 독일 프리드리히 윌리엄과의 결혼에 이 곡을 사용하기로 선택함으로써 지금까지 결혼식에서 쓰이고 있다. 빅토리아 공주 결혼식에서는 멘델스존의 「결혼행진곡」 외에도 바그너의 「신부 입장」이라는 곡이 같이 쓰였다. 여기서 흥미로운 점은 바그너는 나치를 찬양했고 유대교를 굉장히 싫어했기에 독일에서는 유대인 출신인 멘델스존의 결혼행진곡이 몇 십 년 동안 사용될 수 없었다. 또한 이런 바그너의 태도는 유대인들을 적으로 만들기 충분했고 유대교 결혼식에는 바그너의 「신부 입장」이 사용되지 않았다. 시간이 흘러 바그너의 「신부 입장」은 너무 올드하다는 이유로 결혼식에서 연주되는 빈도가 적어졌고 멘델스존의 결혼행진곡은 종교에 상관없이 아직까지 널리 쓰이고 있다.

 여러분의 클래식 클라스를 위해

나는 알았다. 오늘이 너와 나의
마지막이라는 걸

요하네스 브람스 6개의 피아노 소품 Op.118
Johannes Brahms Six Pieces for Piano, Op.118

브람스의 시선

나에게는 여자였다. 세상 무엇과도 바꿀 수 없는 내 여자.

욕심 내 가질 수 없었고, 욕심을 내서도 안 되는 사람이었지만 그래도 나한테는 하나뿐인 그녀였다.

그녀를 위해서라면, 그녀가 좀 더 편할 수만 있다면 난 뭐든지 할 준비가 되어 있었다. 내 곁에 머물지 않아도 괜찮았다. 처음부터 바라지도 않았다. 그녀와 나의 모든 것을 함께 나눌 수 있다는 것만으로도 난 행복했다.

그녀는 내 음악을 이해해 줬고, 사랑해 줬다. 나의 음악성을 존중해 줬고 나를 인간으로서 아껴 줬다.

물론 그녀와 함께하고 싶은 마음은 굴뚝 같았지만 그건 안될 일이었다.

내가 그녀를 처음 만난 건 스무 살 때였다. 친구의 추천으로 나는 당시 가장 유명한 음악가 슈만과 만날 기회가 있었다. 그의 집으로 간 나는 그 앞에서 피아노를 쳤다. 그는 내 음악을 듣자마자 와이프를 다급히 불렀다. 그녀는 하던 일을 멈추고 황급히 뛰어나왔다.

난 그렇게 그녀를 처음 보았다. 슈만과 그의 와이프 클라라는 내 연주에 칭찬을 아끼지 않았고, 그는 나의 멘토를 자처했다. 이름만 대면 다 아는 피아니스트가 나를 인정해 준다는 건 세상을 다 얻은 것과 마찬가지였다. 무명 피아니스트인 나는 더 이상 바랄 게 없었다. 슈만은 음악뿐 아니라 여러 방면에서 나를 도와주었고, 클라라 역시 조언을 아끼지 않았다. 나에겐 꽤 좋은 멘토 부부였다.

그러던 어느 날, 정신질환을 앓고 있던 슈만은 라인 강에 몸을 던졌다. 다행히 지나가던 사람에게 발견돼 목숨은 건졌지만, 자신의 행동에 심각성을 느낀 그는 정신병원에 입원했다. 환자가 된 남편을 대신해 클라라는 가장이 되었고 혼자서 일곱 명의 아이들을 먹여 살려야 했다. 하루하루 버텨 나가는 그녀를 보고 있자니 마음이 아팠다. 음악적으로나 생활적으로나 나를 이해해 주고 지지해 주던 그녀에게 도움이 되고 싶었다. 그녀에게 경제적인 도움을 줄 수는 없겠지만 그녀의 넋두리를 들어줄 자신은 있었다. 난 기꺼이 그녀의 친구가 되었다. 서로의 어려움과 아픔을 나누면서 우리는 세상에서 가장 가까운 사이가 되었다.

친구이지만 친구 이상이었고 서로에 대한 애정은 있었지만 내보일 수는 없었다.

내가 결혼한다면 꼭 그녀와 하고 싶었다. 그녀가 아닌 다른 사람은 상상조차 할 수 없었다. 그 정도로 난 그녀에게 빠져 있었다. 나도 사람인지라 잠깐 슈만이 세상을 떠나면 그녀와 내가 결혼할 수 있지 않을까라는 생각을 해본 적도 있었다. 하지만 그것은 안 될 일이었다. 내가 가장 존경하는 슈만에 대한 신의를 저버리는 일이었다. 그녀 역시 슈만에 대한 사랑과 의리를 저버릴 사람은 아니었다.

정신질환을 이겨내지 못하고 슈만은 결국 우리 곁을 떠났다. 그가 떠났지만 우리의 관계는 달라진 게 아무것도 없었다. 나와 그녀는 가족이었고 남녀를 넘어선 친구였다. 서로에게 애정 섞인 편지를 썼지만 글뿐이었고 함께 여행을 갔지만 우리는 절대 의리를 저버리는 행동을 하지 않았다. 나는 곡을 완성할 때마다 당연하듯 클라라에게 들려줬고 가끔 곡을 선물하기도 했다. 그녀는 자신의 연주회에서 내 곡을 연주함으로써 서로에 대한 음악적 지지를 이어갔다.

이렇듯 우리는 서로의 소울메이트였고 든든한 지원자였다.

그러던 어느 날, 항상 그래 왔던 것처럼 그녀를 만나러 갔다. 이상하게도 그날 따라 그녀의 연주가 듣고 싶었다. 내 앞에서 연주하는 걸 꺼리는 그녀답게 그녀는 계속 거절했다. 하지만 오늘은 나도 포기할 생각이 없었다. 끈질긴 나의 부탁에 어찌지 못하고 그녀가 피아노 앞에 앉았다. 그녀가 오롯이 나만을 위해 연주해준 곡은 내가 그녀에게 헌정한 「피아노 작품 작품번호 118번 제2번(Op.118, No.2)」이었다.

아름다운 연주에 나의 마음은 편안해졌다. 우리 둘을 둘러싼 공기는 따스했지만 알 수 없는 미묘한 긴장감이 맴돌았다. 믿을 수 없지만 그날은 우리의 마지막 만남이었다. 난 알았을지도 모른다. 그 만남이 우리의 마지막 순간이 될 것임을.

"내 사랑하는 클라라! 매일 나는 당신을 생각하고 당신에게 수천 번 입맞춤을 보냅니다.

오늘 아침에도 당신에게서 편지가 오지 않으니 나는 아무것도 할 수 없습니다.

아무것도 연주할 수 없고 아무 생각도 할 수가 없습니다.

말로 표현할 수 없을 정도로 당신을 사랑합니다.

사랑이란 단어가 가질 수 있는 모든 수식어를 사용해 당신을 불러보고 싶습니다."

나의 시선

태어나서 죽을 때까지 한 여자만 바라본 브람스.

두 남자의 사랑을 한몸에 받으며 치열한 삶을 살아간 클라라. 태어나서 죽을 때까지 치열하게 클라라를 사랑한 슈만.

이 세 명의 관계는 현실감이 거의 없는 영화에나 등장할 법한 말도 안 되는 사이였다. 특히 브람스의 클라라를 향한 지고지순한 사랑은 아무리 생각해도 있을 수 없는 일이었다.

사랑하면 갖고 싶은 게 인간의 욕구일 텐데, 그 욕구를 절제하며 평생을 살아가는 게 말이 되는 걸까?

좀 더 열린 사고를 하며 이해하고자 노력해 봤지만 현실에 길들여진 나에겐 어려운 일이었다.

하지만 한편으로 자기 뜻대로 되지 않는 사랑을 하며 살아가는 그는 얼마나 힘들었을까 싶어서 안타깝기도 했다. 그래서인지 몰라도 브람스의 음악은 항상 깊었고 묵직했다. 중후하기보다는 내면의 무거움이 있었다.

나이 쉰은 넘어야 진정 그를 이해하고 그의 음악을 마주할 수 있을 것 같았다. 연주하는 건 두려웠지만 그의 음악을 듣는 건 무척 즐거웠다. 철 없다고 한소리 듣는 내가 그의 음악만 들으면 성숙한 어른으로 변했다.

그가 만든 교향곡은 한 편의 잘 만들어진 블록버스터 같았고, 그가 만든 피아노 음악은 웅장하지만 아름다웠고, 화려하지만 절제미를 가지고 있었다.

「피아노 작품 작품번호 118번 제2번」은 나에게 꽤 인상적이었다. 선율은 아름다우면서도 애절했다. 따뜻함을 유지한 채 쓸쓸함이 자리 잡고 있었다.

그립고 애절함이 더해서 나의 마음 한편이 아려왔다.

하지만 들으면 들을수록 더 외로워지기보다 포근해져 갔다. 나는 위로받고 있었고 음악은 나를 보듬어 주고 있었다.

그는 그렇게 나를 다독거렸다.

쓸쓸한 늦가을 해 질 무렵, 바람이 많이 불어서인지 낙엽은 우수수 떨어졌고 떨어진 낙엽은 바람이 부는 대로 구르고 있었다.

나는 그런 풍경을 바라보며 나 자신을 돌아보고 있었다.

차분하게 감정을 컨트롤하며 사회로부터 인정받는 내 모습은 참으로 기특해 보였다.

하지만 본능에 이끌려 통제가 안 되는 날도 꽤 많았다.

그런 나 자신을 볼 때마다 참으로 괴로웠고 속상했다.

방황 끝에 다시 정신을 차리고 내 마음을 추스르는 것은 내가 해야 할 몫이었다.

홀로 자신을 다독이는 순간들이 반복되면서 나는 지칠 대로 지쳐갔다. 누군가에게 위로받고 싶었다. 그때 이 음악을 만났다. 나의 상처를 감싸주었고 다독여 주었다.

점점 편안해졌고 안정을 찾아갔다. 음악의 위로 덕분에 내 마음에 다시 온기가 돌기 시작했다. 현실에 치여 상대방은 물론 나 자신을 돌보는 것조차 사치라고 느낄지도 모른다. 음악을 듣는 5분이 나 자신을 위로해줄 수 있다면 5분 정도 기꺼이 쓰면 좋겠다.

현실을 무사히 살아간다는 건 꽤 어려운 일이에요.

스트레스와 피곤 속에서 하루하루를 살아가는 당신에게 이 음악은 당신의 지침과 힘듦을 보듬어줄 거예요.

 여러분의 클래식
클라스를 위해

나와 평생을 함께하리라 약속한
너를 위해…

로버트 슈만 '헌정'
Robert Schumann "Widmung"

슈만의 시선

참으로 긴 여정이었다.

너를 처음 보고 나서, 친구로 만들고, 내 여자로 만들고,
내 부인이 되기까지…….

너를 처음 본 건, 비크의 집에서였어. 선생님의 딸인 너는
무척 귀여웠어. 느지막이 피아노를 배우는 나에게 너는 놀라
운 존재였지. 나보다 한참 어린 너였지만 너의 연주 실력은
정말 존경할 만했어. 어쩜 그렇게 조그마한 애가 기가 막히
게 피아노를 치는지…….

비크와 피아노 공부를 하는 시간이 늘어날수록 너와 함께 하는 시간도 자연스레 늘어나더라. 함께 연습하고, 피아노도 치고, 산책도 하고, 음악에 관한 이야기도 하면서 너와 나는 점점 가까워져 갔지.

우리는 그렇게 친구가 되었어.

서로에 대해 이성적 감정이 싹트고 있음을 알았지만 우리는 이 마음을 서로 드러내지 않았어.

같이 연습하던 네가 연주 여행을 떠난 1835년, 난 유독 네가 그리웠나 보다. 보통 때와는 다르게 네가 다른 도시에 있다는 게 무척 어색했어.

난 그때 알았어. 내가 너를 참 많이 좋아하고 사랑하고 있다는 걸…….

더 이상 내 감정을 숨기고 싶지 않았어. 그래서 난 네가 연주 여행에서 돌아왔을 때 내 마음을 전했지.

너무 감사했어. 너도 나와 같은 감정이라는 게…….

우리는 본격적으로 서로의 연인이 되어 참으로 열정적으로 사랑했어. 유명하지도 않고 가진 게 아무것도 없는 나를 너는 참 많이 사랑해 줬지. 비크가 날 많이 예뻐해서 나는 당연히 선생님이 우리의 만남을 누구보다 기뻐할 줄 알았어.

하지만 그건 나의 착각이었더라.

세상에서 가장 사랑하는 딸이 돈 없고 무명인 음악가랑 만난다는데 좋아할 부모는 없겠지. 비크의 반대로 난 너를 자유롭게 만날 수 없었고 우리는 편지로 사랑을 속삭였지. 너의 연주회가 너를 볼 수 있는 순간이었기에 나는 몇 시간이고 기다렸어.

서로의 사랑이 점점 깊어질수록 우리는 평생 함께하는 미래를 꿈꿨어.

비크가 연애를 반대했으니 결혼도 반대하는 건 당연한 일이었어. 특히 선생님이 홀로 너를 키워서 너에 대한 애정이 더 남달랐을 터. 그런 네가 나와 결혼하겠다고 하니 아빠 입장에서 강한 배신감을 느꼈을 거야.

비크의 반대에도 너는 절대 내 손을 놓지 않았어.

부모와의 인연을 끊는 게 쉽지 않았을 텐데 나와 결혼하려고 그런 행동을 보여준 너에게 좀 놀랐어.

우리는 결국 법정까지 가서 판사로부터 합법적으로 결혼해도 좋다는 승낙을 받아냈지.

그리고 드디어 내일이면 너와 내가 결혼하는구나.

내가 뭐라고, 너보다 아홉 살이나 많은 나를 그렇게 사랑해 주는지⋯⋯.

나와 평생을 함께하겠다고 다짐해 줘서 고마워.

내가 지금 가진 게 없지만 너 하나면 이 세상을 다 헤쳐나갈 수 있으리. 돈 없는 무명 음악가가 사랑하는 연인에게 해 줄 수 있는 가장 의미 있는 선물이지 않을까 해.

한평생 너만 바라보고 살게.

우리 영원하자.

사랑해.

헌정

당신의 나의 영혼, 나의 심장
당신은 나의 기쁨, 나의 고통
당신은 나의 세계, 그 안에서 나는 산다네.
나의 하늘 당신, 그 속으로 나는 날아가네

오 당신은 나의 무덤, 그 안에
나는 영원히 나의 근심을 묻었어요.

당신은 나의 휴식, 당신은 마음의 평화

당신은 나에게 주어진 하늘

당신이 나를 사랑한다는 사실은 나를 가치 있게 만든다오.

당신의 시선은 나를 환히 비추며

당신은 사랑스럽게 나를 이끈다오.

나의 선한 영혼을, 나의 보다 나은 나를!

나의 시선

사랑이라는 게 무서운 건지, 아니면 그런 사랑을 할 수 있는 게 부러운 건지…….

사랑하는 남자와 결혼하려고 부모와 등지고 법정싸움까지 간다는 게 과연 가당키나 한 일인가?

슈만을 향한 클라라의 사랑은 그저 대단해 보였다.

피아니스트인 나는 슈만의 「헌정」이 아닌 리스트가 화려하게 편곡한 「헌정」을 먼저 접했다.

리스트의 「헌정」은 슈만이 만들어 놓은 밝은 이미지에 슬픔과 환희를 좀 집어넣었다고나 할까?

물론 리스트가 기교를 보여 주려고 더 화려하게 편곡했을 가능성도 배제할 수는 없지만, 최소한 내 귀에는 그렇게 들리지 않았다. 그가 클라라와 슈만의 파란만장한 연애 스토리를 음악적으로 표현하고자 했을 것이라는 생각이 더 강했다. 슈만의 밝은 멜로디 선율은 리스트에 의해 다양하게 변신했고, 그 변화에 따라 내 마음과 감정도 오르락내리락거렸다.

곡을 듣고 있자니 지난 나의 파란만장한 연애가 문득 떠올랐다. 마냥 행복할 줄만 알았던 연애는 생각보다 어려웠다(나는 표현이 분명하며 밀당을 전혀 못한다).

시간이 지나갈수록 커져가는 마음에 상대방에 대한 기대도 높아져만 갔다. 그래서인지 행복하고 즐거운 날도 많았지만, 티격태격 싸우는 날도 많았다(울기도 참 많이 울었다). 다행히 우리는 금방 괜찮아졌다. 서로에 대한 뜨거운 사랑 때문이었는지 그렇게 싸우면서도 우리는 헤어지지 않았다. 그 사랑 덕분에 서로 웃는 날이면 그 어떤 것도 비교할 수 없을 만큼 행복했다. 행복과 아픔이 가득한 스펙터클한 연애를 경험한 나에게 리스트의 「헌정」은 참 내 마음 같은 곡이었다.

이렇게 리스트의 「헌정」에 마음을 빼앗긴 나는 슈만의 「헌정」이 궁금해졌다. 눈을 감고 듣고 있자니 또 다른 의미에서 뭉클하게 다가왔다.

'슈만이 클라라를 진짜 엄청 사랑했구나.'

좀 더 그녀를 향한 슈만의 사랑을 이해하고자 가사를 정독한 후 다시 음악을 틀었다.

음악에서 뿜어져 나오는 로맨틱한 기운은 나를 감싸 안았다. 나는 사랑에 빠진 여인이었고, 세상에서 가장 사랑받는 여성이었다.

슈만에게 클라라는 그런 존재였다.

자신의 전부이자 세상에서 가장 귀한 여인.

자신의 목숨을 내주어도 아깝지 않을 그런 사람이었다.

나는 문득 클라라가 참 부러웠다. 클라라는 알고 있었다.

슈만에게 본인의 존재가 어떤 의미인지 말이다.

그래서 그녀는 모든 걸 버리고 자신의 인생을 슈만에게 걸었던 게 아닐까?

슈만의 「헌정」과 리스트가 편곡한 「헌정」을 들어보자.

당신이 지금 사랑하고 있다면, 그대를 향한 설렘과 열정이 다시금 살아날 것이고, 당신이 메말라가는 감정에 고민하고 있다면, 다시 사랑하는 마음이 살아날 거라 믿는다.

음악의 힘은 위대하다. 사랑의 힘 또한 위대하다.

나는 음악을 통해 당신의 꺼져가는 사랑이 다시금 불타오르고, 불타는 사랑이 더 활활 타올랐으면 하는 바람을 가져본다.

여러분의 클래식
클라스를 위해

그녀가 떠났다

안토닌 드보르작 첼로 협주곡 나단조
Antonín Dvořák Cello Concerto b minor

드보르작의 시선

그녀가 떠났다는 이야기를 들었다. 갑자기 모든 게 멈춘 것 같았다. 난 눈을 감았다.

나는 발 뻗고 잘 수 있는 방 한 칸 갖는 게 꿈이었다. 지금 나의 봉급으로는 택도 없는 소리였다. 원하든 원하지 않든 부업을 해야 했다. 할 줄 아는 게 음악이 전부인 나는 피아노 레슨을 시작했다.

그렇게 나는 조세피나를 만났다. 체르마코바의 첫째 딸이자 소프라노 가수를 꿈꾸는 그녀는 눈부시게 아름다웠다. 그녀를 보자마자 내 심장은 미친 듯이 뛰었고, 아무 말도 할 수 없었다.

소심하고 수줍음 많은 나는 그녀에게 선뜻 다가가지 못했다. 음악 선생님이라고는 하지만 가난뱅이 무명 음악가를 좋아할 리 없었다. 난 그저 내 마음속에 그녀를 품었다.

언젠가 그녀가 나의 마음을 알아주는 날이 오리라. 언젠가 그녀가 나의 여인이 되기를 희망하며……

난 여전히 그 자리 그대로였지만 그녀는 프라하에서 큰 성공을 거두었고 더 큰 무대인 독일에서 유명한 가수가 되길 희망했다. 그녀를 향한 내 마음은 점점 커져갔지만 그녀가 성장할수록 우리가 연인이 될 가능성은 점점 희박해져 갔다. 그러던 어느 날, 청천벽력 같은 이야기가 들려왔다.

내가 그렇게 사랑하는 조세피나가 다른 남자와 결혼을 한단다. 그것도 돈 많은 귀족 백작과……

내 마음은 와르르 무너져 내렸고, 나 자신이 너무 초라해 보였다.

내가 돈이 많았다면 그녀가 나에게 왔을까.
내가 용기 내 고백했다면 그녀가 받아 줬을까.

내 머릿속은 온갖 조세피나뿐이었다. 현실을 받아들여야 하는 나는 견디기 힘들었다. 내가 할 수 있는 일이라곤 그녀를 향한 나의 절절함을 음악으로 풀어내는 것뿐이었다. 나는 그렇게 내 첫사랑 조세피나를 생각하며 노래집을 만들었다. 그녀를 향한 나의 마음을 다잡는 게 쉽지는 않았지만 시간이 흐르면서 그녀는 점점 내 추억 속의 한 페이지가 되어갔다.

그녀에 대한 아쉬움인지 운명의 장난인지 몰라도 나는 조세피나의 동생인 안나와 결혼했다(사실 안나는 내가 자신의 언니를 열렬히 사랑했었던 것을 안다). 이제 더 이상 흠모하는 여인이 아닌 처형이 된 조세피나. 조세피나와 남편은 넉넉하지 않은 나에게 호의적이었고 친절했다. 난 그들과 함께 끈끈한 가족이 되어갔다.

가족이라 더 이상 이성이라는 감정은 없었지만 첫사랑이었던 그녀를 향한 나의 시선은 따뜻했다. 그녀를 볼 때면 열정적이고 순수했던 내가 떠올랐고 안나와 결혼한 덕분에 그녀의 행복을 가까이서 볼 수 있다는 게 참 좋았다.

그녀는 나에게 그런 존재였다.

그런 그녀가 세상을 떠났다. 그녀가 고통받아 왔다는 것을 알기에 더 이상 고통받지 않아도 된다는 사실에 안도감을 느꼈지만, 그래도 그녀가 나와 같은 세상에 없다는 게 슬펐다. 나는 그녀를 영원히 기억하려고 펜을 들었다.

　내가 그녀에게 해줄 수 있는 유일한 일이지 않은가……
　그녀를 향한 나의 순수했던 마음과 그녀를 떠나보낸 슬픔을 담아 난 곡을 만들었다.

나의 시선

　참 멋진 곡이다.
　내가 뭐라고 말해야 할지 모를 만큼.
　마음 한구석이 아련했고 쓸쓸했다. 추억의 시간여행을 하고 돌아온 듯했다. 첼로 소리는 참으로 구슬펐고 애절했다. 화려하면서도 묵직한 음악 속에 기구한 사연이 숨어 있는 듯했다.
　들으면 들을수록 나의 마음은 소용돌이쳤고, 어느 순간 난 사랑의 아픔을 온몸으로 느낀 여인이 되어 있었다.

　그는 나에게 태풍 같은 존재였다.

그를 처음 본 순간 내 심장은 멎는 것 같았다. 망치로 머리를 한 대 맞는 기분이었다.

그는 완전히 내 스타일이었고, 그가 가진 열정은 내 마음을 더 두근거리게 만들었다. 그와 열정적인 사랑을 한다면 더 이상 바랄 게 없었다. 그를 생각하면 나의 심장은 요동쳤고, 나도 모르게 얼굴은 빨개졌다. 그를 향한 나의 사랑은 시간이 지날수록 무뎌지기보다 점점 간절해졌다.

누군가를 이렇게 사랑하고 원해본 적이 없었다.

그와 함께이고 싶었다. 세상에서 단 하나의 소원을 들어주는 지니가 있다면 난 1초의 망설임도 없이 '소원은 그와의 사랑'이라 외칠 만큼 그에게 단단히 빠져 있었다.

절대 이루어질 수 없을 거라 생각한 그가 어느 순간 내 옆에 있었다. 나는 그와 함께하는 시간이 행복했지만 불안했다. 보고 있어도 보고 싶었고, 사랑하면서도 그리웠다.

그와 함께 웃고 있지만 내 마음은 두려웠다.

내가 사랑에 서툴러서 그런 건지, 그를 너무 사랑해서 그런 건지…….

그와 함께하는 시간이 길어질수록 나는 점점 불안해져 갔다. 그는 항상 나를 다독거렸고, 절대 나를 떠나지 않을 거라 다짐했다.

나는 점차 안정을 찾아갔고 우리 사이는 단단해져 갔다.

우리의 사랑은 아기자기했고 설렘으로 가득했다. 순수함과 열정으로 무장된 우리는 웃기든 웃기지 않든 서로의 얼굴을 보며 그렇게 웃었다. 우리는 행복했고 즐거웠다. 서로에게 없어서는 안 될 소중하고도 귀한 존재였다.

그는 나의 인생에서 다시 못 올 사랑이었다.

그와 함께여서 너무 행복한, 꿈같은 시간들이었다.

누구나 잊지 못할 첫사랑의 추억이 있다. 그 사랑이 드보르작처럼 짝사랑일 수도 있고, 내 상상처럼 진한 사랑일 수도 있다. 아니면 인생에 획을 긋는 사랑일 수도 있다. 어떤 첫사랑을 경험했든 그 기억이 행복일 수도 있고 상처일 수도 있을 것이다. 그래도 그런 사랑의 추억이 있었기에 오늘의 우리가 있는 게 아닌가 싶다.

오늘 밤, 이 음악을 들으면서 와인과 함께 지나간 추억 속의 연인을 떠올려 보는 건 어떨까?

 여러분의 클래식
클라스를 위해

사람의 진심은 절대 배신 안 해

엑토르 베를리오즈 '환상교향곡'
Hector Berlioz "Et la Symphonie Fantastique"

베를리오즈의 시선

로마 대상 1등을 꼭 차지해야만 했다.

1등이 욕심 난 게 아니라 부상이 탐났다.

전액 지원 이태리 음악 유학!

다른 사람보다 음악을 늦게 시작한 나에게 이 부상은 절실했다. 진정 나를 음악의 세계로 빠져들게 할 절호의 기회였다.

난 최선을 다했지만 결과는 그다지 만족스럽지 못했다.

음악에 대한 열정은 누구보다 높았지만, 현실은 그리 호락

호락하지 않았다. 사기가 많이 떨어졌고, 음악을 업으로 선택한 나의 결정에 의구심을 품고 있었다.

그러던 어느 날, 문학에 남다른 관심이 있는 나는 긴장도 풀고 스트레스도 좀 풀 겸 극장을 찾았다. 마침 극장에서 상영 중이던 작품은 유명하고도 유명한 셰익스피어 〈햄릿〉이었다.

문학을 사랑하고 음악을 공부하는 나는 연극이 시작되자마자 무대 위의 배우가 되어 있었다.

그들의 눈빛과 감정, 그리고 몸짓에 내 감정과 영혼을 담았다. 그러다 오필리어의 등장에 나는 더 이상 극에 몰입할 수 없었다. 오필리어를 연기한 해리엇은 내가 지금까지 본 여자 중에 가장 아름다웠다. 그녀의 등장에 나는 셰익스피어의 〈햄릿〉을 감상하러 온 관객이 아닌 해리엇을 만나러 온 남자가 되어 있었다.

그녀가 맡은 오필리어와 사랑에 빠졌는지, 오필리어 역할을 하는 해리엇에게 빠졌는지는 중요하지 않았다. 그녀는 참으로 눈부셨고, 광채가 뿜어져 나왔다. 마치 천사 같았다. 어디서 그런 용기가 나왔는지 모르겠지만 그녀에게 첫눈에 반한 나는 어떻게 해서든 그녀를 내 여자, 아니 아내로 만들고 싶었다.

첫눈에 반했다고 결혼을 생각하는 건 좀 이상해 보일지도 모르겠다. 하지만 사랑을 전혀 해본 적 없는 스물네 살의 남자에게는 충분히 가능한 일이었다.

사랑을, 아니 여자를 하나도 모르는 나는 무조건 직진만 했다. 어디서 그런 자신감이 나왔는지 모르겠지만 나의 진심을 알면 그녀도 나를 좋아해줄 거라 생각했던 것 같다. 나는 그녀에게 매일 러브레터를 썼다. 그냥 직진이었다. 대스타였던 그녀에게 무명 음악가의 대시는 그저 웃음거리일 뿐이었다. 내 진심을 가볍게 생각하는 그녀도 밉고 자존심도 상했지만 나는 멈출 수 없었다. 스토커라는 오해도 받았지만 그런 건 중요하지 않았다. 그녀가 내 사랑을 받아 준다면 말이다. 그녀는 연극이 끝나고 영국으로 돌아가는 순간까지 나의 마음을 돌아봐 주지 않았다. 그녀는 나를 매몰차게 거절했다.

첫사랑의 아픔은 꽤 깊었다. 둘이 사랑한 것도 아니고 나만 홀로 사랑한 것임에도 그녀의 거절은 받아들이기 어려웠다.

어쩜 저럴 수가 있을까.
내 진심을 그렇게 모르는 걸까.
내가 그렇게도 싫은 건가.

수많은 생각이 내 머릿속을 어지럽게 했다.

실연의 아픔에서 헤어나오지 못한 나는 결국 죽음만이 나를 구원해줄 거라 믿었다. 하지만 자살할 만큼 용기가 없었던 건지, 삶에 미련이 더 남아 있어서인지 나는 세상과 작별하지 않았다.

현실로 돌아오긴 했지만 사랑의 상처는 아물 생각이 전혀 없어 보였다. 하지만 태어나서 처음으로 가슴 터지는 사랑을 한 무명 음악가는 이제 더 이상 애송이가 아니었다. 그녀를 통해 아픔을 맛보았지만 나의 음악 인생은 훨씬 깊어졌다.

오선지를 원고지 삼아, 음표를 붓 삼아 나와 해리엇의 뜨거운 사랑을 음악으로 만들기 시작했다.

현실은 짝사랑이었지만, 음악 속에서는 서로의 연인이었다. 곡에 대한 몰입에 몰입을 더할수록 상처는 추억이 되어 갔다. 세상에 나같은 사람이 많아서였을까, 아니면 나의 진심이 통해서였을까.

많은 사람들의 공감을 이끌어 내며 나는 지금까지 받아보지 못한 스포트라이트와 사랑을 한몸에 받았다.

시간이 지나 이 곡이 해리엇과 나와의 이야기라는 사실을 알게 된 해리엇은 나에게 다가왔다. 물론 그녀가 나에게 왔을 때 그녀는 지는 별이었고, 나는 뜨는 해였다.

그녀가 나의 진심에 감동해서 왔는지, 그녀를 받아줄 사람이 나뿐이어서 왔는지 모르겠지만 나는 아무래도 괜찮았다. 첫사랑이 내 손을 잡아 주었다는 사실만으로도 행복했다. 뒤늦게라도 나에게 와준 그녀가 고마웠다.

나는 주변의 반대에도 불구하고 그녀와 결혼했다.

베를리오즈는 이 곡에 대해 말했다.

"병적인 관능과 대단한 상상력을 지니고 있는 청년 음악가는 격정적인 욕정의 발작을 참지 못하고 아편에 빠져 스스로 죽으려 한다. 그러나 마취제는 죽기에는 조금 약했다. 그 때문에 청년은 혼수상태에서 기괴하기 짝이 없는 환상을 본다. 기괴한 꿈 속에서 그의 관능과 감정과 추상은 모조리 음악적 영상이나 곡상이 돼 그의 병적인 뇌리에 나타난다."

나의 시선

먼저 이 곡은 클래식 음악사에서 아주 중요한 작품이다. 서양음악사를 좀 배웠다고 하는 학생 중에 이 곡을 모르는 친구는 단 한 명도 없다. 음악을 마음보다는 머리와 글로 배우던 시절, 나는 이 곡을 교실에서 처음 접했다. 음악인데 제목이 있었고 이야기가 있었다. 다른 곡은 작품번호만 있는 것에 비해 굉장히 신선했다.

제목과 이야기가 있어서인지 음악을 이해하기가 훨씬 수월했지만 어린 나에게 이 곡은 한 시간짜리 긴 곡일 뿐이었다.

나이를 먹고, 아픔도 좀 겪고, 인생 경험도 좀 해본 나에게 「환상교향곡」은 더 이상 그냥 긴 곡이 아니었다.

압도하는 스케일, 현실과 꿈을 넘나드는 대단한 상상력, 처음부터 끝까지 하나의 주제를 끌고 가는 힘까지.

기승전결이 탄탄하고 빈틈이라고는 찾아볼 수 없는 잘 만든 음악 소설이었다(가슴 시린 사랑 후에 이 정도 음악적인 성장을 할 수만 있다면 나는 죽을 것 같은 실연의 아픔을 몇 번이고 겪을 수 있다).

베를리오즈는 다른 작곡가의 곡들과 달리 친절하게 자신이 하고자 하는 이야기를 다 적어놓았다.

디테일한 사람인 건지 아니면 알고 들으라고 하는 건지 모르겠지만, 그의 이야기 덕분에 음악은 이해하기 수월했다. 좀 아쉬운 건 그의 노트가 워낙 강력해서 내 나름대로의 이야기를 만들기 어렵다는 건데, 음악만 잘 즐길 수 있다면 그게 무엇이든 상관없지 않을까?

그가 우리를 위해 써놓은 이야기에 나의 상상력을 조금 보탰다. 그냥 그의 노트를 옮겨 놓았다고 생각하면 좋을 듯 하다.

1. 꿈과 정열

한 저명한 작가는 상상의 나래를 펴기 시작한다. 자기의 이상형을 보고 첫눈에 반한 젊은 음악가는 곧 무섭게 사랑에 빠진다. 사랑하는 여자의 모습이 하나의 악상과 결합돼 음악가의 마음에 파고든다. 그는 그 악상이 정열적이지만 내성적이며 우아한 그녀를 상징한다고 믿는다. 이 선율은 끊임없이 등장하며 그를 쫓아다닌다. 우울한 몽상의 상태에서 환각의 정열에 이르기까지, 분노와 질투, 마음의 평안과 눈물, 종교적인 위안까지 그녀가 등장하지 않는 곳은 한 곳도 없다.

2. 무도회

젊은 음악가에게는 지금이 자신의 인생에서 가장 복잡한 시기다. 축제의 소용돌이에 휩쓸리게 되고, 전원의 평온함 속에서 사색에 잠기기도 한다. 그러나 어디를 가든 그녀의 모습이 나타나 끊임없이 그의 마음을 괴롭힌다.

3. 전원의 풍경

여름날 시골의 해 질 무렵, 음악가는 두 목동의 피리 소리를 듣는다. 조용히 살랑거리는 나무들의 속삭임, 온화한 들판의 풍경이 그의 흐트러진 마음을 평온하게 하고, 흐린 그의 머리를 맑게 한다. 그는 스스로 고독을 다시 생각하며 어쩌면 이 고독이 사라질 것이라는 기대감에 젖는다. '그러나 만약 그녀가 모른다고 배신하면 어쩌지?' 희망과 불안이 뒤섞인 기분은 그의 마음을 다시 어지럽힌다. 한 목동이 다시 피리를 부는데 아무런 반응이 없다. 단지 멀리서 들려오는 천둥소리, 고독, 정적만이 있을 뿐

4. 단두대의 행진

그녀의 거절을 확인한 그는 마약으로 음독자살을 시도한다. 그러나 치사량에 이르지 못하고 무서운 환상 속에서 깊은 잠에 빠져든다. 그녀를 죽이고 사형선고를 받아 단두대로 향하는 자신을 목격한다. 때로는 음울하고 거칠게, 때로는 당당하게 처형자들은 행진한다. 그들의 무거운 발걸음은 계속 진행된다. 행진 끝에 그녀가 다시 등장한다.

5. 악마들의 밤의 꿈

그를 매장하려고 유령, 마술사 등 갖가지 요괴가 모여 있다. 음악가는 그 무리의 한가운데에 서 있는 자신을 발견한다. 야릇한 소리, 신음, 오싹한 웃음, 고함 소리까지 그를 감싼다. 이때 그녀가 다시 등장하는데 더 이상 우아하고 내성적인 그녀가 아니다. 그녀는 야비해졌고, 보잘것없는 그로테스키함으로 변해버렸다. 그녀의 등장에 환호하는 요괴들. 그녀는 악마적이고 기괴한 밤의 향연에 함께한다. 장례를 알리는 종소리와 함께 그레고리안 성가 「분노의 날」이 울려 퍼진다.

신기하게도 다섯 이야기 속에 그녀가 매번 등장한다. 사랑이든 증오든 그의 마음속에 그녀가 계속 살아 있는 것이다. 그는 아니라고 말했지만 그녀를 가슴에서 지워내기에는 역부족이었다. 원하든 원하지 않든 계속해서 그는 그녀를 사랑하고 있었다.

내 자신에게 물었다.

이 정도의 설렘과 애증을 가진 사람을 만나본 적 있는지.

다음 생애를 기약해야겠지만 기회가 주어진다면 이런 첫사랑을 경험해 보고 싶다.

세상과 인생이 새로운 모습으로 내 앞에 펼쳐지지 않을까?

 여러분의 클래식 클라스를 위해

II
세상 이야기

내가 사람을 한참 잘못 봤네,
결국 자신밖에 모르는 인간인 것을

루트비히 반 베토벤 교향곡 3번 '영웅'
Ludwig van Beethoven Symphony No.3 "Eroica"

베토벤(L.V. Beethoven)

보나파르트 나폴레옹

베토벤의 시선

난 당신을 믿었다. 당신이 우리의 진정한 영웅이라고.

당신만이 우리를 좋은 세상에서 살게 해줄 유일한 사람이라고 말이다. 그런데 당신도 결국 자기 사리사욕을 채우고자 살아가는 평범한 사람이었던 거야.

그런 당신을 영웅이라 생각하다니, 내가 참 사람 볼 줄 모르네. 이런 내 자신이 참 실망스럽다.

나는 평등한 세상을 꿈꾸는 정의로운 음악가다.

나는 세습을 당연히 여기고 계급이 정해진 사회구조에 불만이 많았다. 내가 바꿀 수는 없지만 누군가가 변화의 선봉에 선다면 온 마음을 다해 지지할 생각이었다.

'자유, 평등, 박애'라는 슬로건 아래 시작된 프랑스 혁명은 시민인 우리가 진정 원하는 혁명이었다.

많은 사람이 열광했고 나 또한 사회가 변화하는 데에 꼭 필요한 일이라 생각했다. 프랑스 혁명의 중심에는 혁명을 이끄는 대단한 남자가 한 명 있었다.

'보나파르트 나폴레옹 장군.'

그를 잘 알지는 못하지만 우리가 원하는 일을 해나가는 주인공인 건 확실해 보였다. 나뿐 아니라 의식이 좀 깨어 있다는 예술가 대부분 그를 지지했다. 우리는 철썩같이 믿었다. 그가 앞으로 우리가 꿈꾸는 세상을 만들어줄 거라고.

그러던 어느 날, 프랑스 대사인 베르나도트 장군은 나에게 나폴레옹 장군을 위해 곡을 만들 수 있겠느냐고 제안을 해왔다. 내가 거절할 이유는 없었다. 그는 나를 포함한 우리에게 히어로였고, 그를 위해 곡을 만든다는 건 그 어떤 일보다 영광스러운 일이었다.

그를 향한 존경심을 담아 그의 대담함과 용맹스러움을 표현해 내기 시작했다. 곡 안에 영웅의 고난, 승리 그리고 환희에 이르기까지 내가 그동안 생각해온 영웅의 모습을 전부 녹여 냈다. 지금까지 만든 곡과는 달리 화려했고 웅장했다. 누가 들어도 대단한 곡임을 알 수 있도록……

각고의 노력 끝에 나폴레옹 장군의 이름에 걸맞은 음악이 만들어졌다. 그를 위해 만든 곡답게 제목 역시 「보나파르트」였다.

떨리는 가슴을 부여잡고 곡을 그에게 전달하려는 순간,

오 마이 갓! 도대체 무슨 일이 생긴 거야?

황제 등극이라고? 나폴레옹 장군이?

꿈 아니지? 내가 존경하던 그 나폴레옹 선생님 맞아?

말도 안 돼, 그럴 수는 없는 거잖아. 그럴 수는 없어.

나는 뒤통수를 심하게 맞은 기분이었다.

'결국 너도 그냥 그런 사람이었구나.'

나 자신에게 화가 참 많이 났다. 그에게 그렇게 빠져 있던 내 자신이 참 바보 같았다. 참 어리석었다. 그를 향한 배신감은 쉽사리 사그라들지 않았다.

나는 제목에서 그의 이름을 지웠다. 그렇다고 내가 만든 작품을 버릴 수는 없었다.

베르나도트의 요청으로 나폴레옹 장군을 위해 만든 곡이었지만 작년에 자살을 결심하고 세상을 등지려 했던 내가 다시 정신 차리고 쓴 첫 작품이기도 했다. 고민 끝에 「보나파르트」를 대신해 「영웅」이라 이름 붙이고 '한 사람의 영웅에 대한 추억을 기리기 위해서'라는 부제를 적었다.

나폴레옹이 미웠지만 내가 한동안 존경했던 그를 한순간에 내치기는 어려운 듯하다.

이 곡은 그가 과거에 만든 교향곡에 비해 굉장히 대범했고 묵직했다. 심호흡을 하고 정신을 가다듬고 예의를 갖춰 들어야 할 정도로 깊은 곡이었다.

음 하나하나, 장면 하나하나에 다 사연이 있고 스토리가 있었다. 빈틈이라곤 찾아볼 수 없었다.

사실 그는 이런 스타일의 곡을 쓰는 음악가가 아니었다.

모차르트나 하이든처럼 음악 문법에 중점을 두는 이성적인 음악을 하는 사람이었다.

대체 그에게 무슨 사연이 있었기에 이렇게 변한 걸까.

엄마는 말씀하셨다.

"사람이 변하려면 인생에 반전을 줄 만한 중대한 사건이 있어야 해. 그래야 변해. 너도 알다시피 사람은 고쳐서 못 쓴다 했다."

그랬다. 그는 이 곡을 만들기 전 해에 세상과 작별하기로 마음먹었다. 음악이 인생의 전부였던 그에게 점점 청력을 잃어 간다는 청천벽력 같은 진단이 내려졌다.

왜 자기한테 이런 일이 생겼는지, 그는 울분을 터뜨렸다. 더 이상 세상을 살 의미가 없어진 그는 동생에게 마음을 담아 유서를 썼다. 글을 쓰면서 문득 자기의 삶을 돌아보게 된 베토벤.

그는 깨달았다. 점점 나빠져 가는 청력이 그의 음악에 대한 열정과 사랑을 이길 수 없다는 사실을…….

그는 죽음 대신 자신이 하고자 하는 음악을 만들기로 결심했다. 때마침 베르나도트의 요청으로 나폴레옹을 위한 곡을 만들기 시작한 그는 자신이 생각한 방식대로 작곡해 나갔다. 지금까지 사용한 적 없던, 사람의 감성을 음악에 집어넣는 방식을 사용하자 주변의 우려와 걱정도 있었지만 그는 전혀 개의치 않았다.

이 음악은 쉼 없이 50분을 달린다.

대담하고 힘차게 시작된 연주는 나를 전장으로 끌고 갔다. 서로 의지하며 우리는 점점 전쟁터의 중심으로 나아갔다. 우리는 물결처럼 이리 밀리고 저리 밀렸다. 점점 전쟁의 소용돌이 속으로 들어갔다. 숨어 있는 그들을 찾아내 싸웠고, 큰 무리에서 그들과 싸웠다. 엎치락뒤치락하면서 오직 승리를 위해 우리는 최선을 다했다.

장군은 우리를 격려했고, 우리는 장군의 기대에 보답이라도 하는 듯 더 치열하게 싸웠다. 다들 지친 기색 하나 없이 앞을 향해 나아갔다.

전쟁에서 죽은 군인들의 아픔과 시련은 내 가슴을 슬픔으로 물들였다. 함께 동고동락하던 그들을 보낼 생각을 하니 마음이 무척 아팠다. 음 하나하나가 내 가슴에 비수로 꽂히면서 그들과 함께한 추억이 떠올랐다.

그들을 향한 그리움은 커져갔다. 조국을 위해 기꺼이 죽음을 택한 그들. 그들의 죽음을 헛되지 않게 하겠다는 다짐을 한 채 나는 그들을 향해 엄숙히 고개를 숙였다. 매우 비통했지만 경건했다. 그렇게 나는 그들을 보냈다.

전우를 떠나보낸 슬픔을 뒤로한 채 우리는 그들을 위해 꼭 승리해야만 했다. 서로 격려하고 환희에 찬 우리 모습에 내 가슴도 벅차올랐다. 밝은 기운과 이길 것이라는 확신이 우리 전체를 감쌌다.

우리는 전쟁에서 승리했고 화려하게 귀환했다. 승리의 기쁨은 이루 말할 수 없었으며 먼저 떠난 보낸 전우들과의 약속을 지킨 것 같아 뿌듯했다.

우리는 그렇게 역사의 한 페이지를 장식했다.

이 곡과 함께 나는 군인이 되었다. 그들과 함께 전쟁에서 싸웠으며 전우의 죽음에 괴로워했고 승리에 눈물 흘렸다. 이 곡은 단 한 명의 히어로가 아닌 전쟁에서 목숨 걸고 싸운 모든 병사들을 위한 곡이었다.

치열하게 싸우지만 모두가 승리할 수 없고, 이를 알면서도 치열하게 싸워야 하는 우리의 운명은 전쟁과 참 많이 닮았다. 하지만 포기하지 않고 서로 다독거리고 의지하며 버텨낸다면 결국 승리가 우리를 찾아오는 과정 역시 마찬가지다.

점점 청력을 잃어가던 베토벤은 자신과의 치열한 전쟁 속에서 승리자가 되고 싶었다. 하루하루가 지옥 같던 그에게 유일한 희망은 음악이었고, 그는 자신을 위로하며 작곡을 시작했다.

어쩌면 베토벤이 '영웅'이라 칭송한 사람은 '나폴레옹'이 아닌 하루하루를 버텨 내는 자기 자신이 아니었을까?

비록 지금 보이지 않는 미래를 불안해하고 두려워하고 있지만, 당신도 언젠가는 승리자가 되리라 믿는다.

자신의 삶을 포기하려 했던 베토벤도 결국 역사에 한 획을 긋는 남자가 되지 않았는가.

그도 몰랐을 것이다. 자신이 이렇게 대단한 음악가가 돼 후세에 기억될 줄은…….

 여러분의 클래식 클라스를 위해

해내고 싶었다, 해내야만 했다

세르게이 라흐마니노프 피아노협주곡 2번
Sergei Rachmaninoff Piano Concerto No.2

라흐마니노프의 시선

나는 어렸을 때 음악 천재라는 소리를 곧잘 들었다. 피아노면 피아노, 작곡이면 작곡, 못하는 게 없었다.

그래서 음악에 대한 자신감이 누구보다 높았다. 자존감이 높았음은 물론이요, 자만심 역시 강했다.

나는 영원할 줄 알았다. 평생 스포트라이트를 받으며 박수와 칭찬 속에서 살아갈 줄 알았다. 절대 슬럼프는 안 올 줄 알았다. 하지만 성인이 돼 음악가로서 첫발을 내딛는 순간, 인생은 그리 호락호락하지 않다는 것을 알았다.

사람들의 박수와 찬사를 기대하며 선보인 교향곡 1번은

비판이 가득했다. 태어나서 처음 듣는 혹평이었다.

항상 칭찬 속에서 살아온 내게 이런 상황은 당혹스러웠다. 어떻게 대처해야 할지, 어떤 생각을 가져야 할지, 어떻게 이겨 내야 할지 전혀 몰랐다. 음악이 곧 인생이었던 나에게 이런 악평은 인생 전체를 흔드는 것이었다.

아버지의 방탕한 삶, 그로 인한 가정불화, 사랑하는 누나들의 죽음, 소극적이고 내성적인 성격 탓에 나는 항상 불안정했다. 하지만 사람들은 내가 불안 속에서 살아가는지 전혀 눈치 채지 못했다. 음악에 대한 주변의 칭찬 덕분이었다. 그들의 호평이 내 흔들리는 마음을 잡아주고 있었다. 긍정적인 말은 나에게 희망이었고 오늘도 살아가게 하는 원동력이었다. 그래서인지 음악은 더없이 소중한 존재였다.

이런 나에게 교향곡 1번에 쏟아진 악평은 앞으로 삶을 살아가야 할 의미를 빼앗아가는 것과 같았다. 믿었던 음악에 배신당하고 의지했던 사람들에게 버림받은 기분이었다. 가슴속에 꽁꽁 숨겨 두었던 상처가 수면 위로 올라왔다. 숨을 곳이 없었다. 더 이상 음악을 할 필요를 못느꼈고, 두렵고 무서웠다. 음악이 인생의 전부였던 나는 세상을 살아갈 의미를 잃었다. 나는 펜을 놓았다. 나를 절망의 구렁텅이로 집어넣은 교향곡 1번을 서랍에 넣고 자물쇠로 굳게 잠갔고, 음악에 대한 마음의 문도 닫았다. 우울증과 무기력증까지 나를 덮치면서 인생에서 최악의 시간을 맞이했다.

그러던 어느 날, 무기력하게 하루하루를 살아가는 나에게 이모는 니콜라이 달 선생님에게 치료를 받아 보라고 권했다. 인생의 밑바닥을 경험 중인 나에게 달 선생님의 치료가 얼마나 효과가 있을지 모르겠지만 나는 뭐라도 해야 했다. 지푸라기라도 잡는 심정으로 그를 찾아갔다. 단단히 마음을 먹고 갔지만 그와의 만남은 사실 두려웠다. 자존감이 바닥을 치고 스스로를 세상의 패배자로 여기며 살아가는 나에게 마음을 연다는 것은 정말 쉬운 일이 아니었다. 상처를 드러내야 치료가 가능하겠지만 상처를 보여주는 것조차 어려웠다. 그만두고 싶었고 포기하고 싶었다. 하지만 달 박사는 나를 설득했고 놓아주지 않았다. 어쩌면 내가 괜찮아지는 걸 그가 더 원하는 듯했다.

그가 원하는 건 딱 세 가지였다.

제대로 숙면을 취하기, 삶의 의욕을 갖기, 작곡을 하기.

그는 나에게 최면을 시작했다. 가족의 지원 아래 치료는 매일 이루어졌다. 이 방법이 효과가 있을까 의구심이 들었지만 나에게는 선택지가 없었다.

하지만 놀랍게도 나의 상태는 조금씩 나아지고 있었다.

무기력함은 사라져갔고 우울증도 점차 좋아졌다. 자존감이 회복되었으며, 음악에 대한 욕구도 살아나고 있었다.

망설이긴 했지만 다시 펜을 들었다. 힘들었던 나를 음악으로 표현해 내기 시작했다.

내 가슴속의 숨어 있었던 아픔, 나를 괴롭힌 우울과 괴로움, 치료를 통해 회복해 가는 나, 더 나아가 완전히 극복해낸 나의 모습까지…….

나는 오선지에 마음껏 뽐냈다.

아픈 만큼 성숙해진다고, 상처는 나를 더욱 단단하게 만들었고, 음악은 깊어졌다. 이제 아무것도 모르는 애송이 음악 천재가 아닌 인생의 슬럼프를 당당하게 이겨낸 음악가였다.

긴 공백 후 새로운 곡을 선보이는 날, 자신감이 살아났지만 혹평에 대한 두려움은 여전했다.

연주가 시작되고 사람들은 숨소리를 죽여 가며 귀를 열었다. 연주 내내 가슴은 두근거렸고 긴장의 끈을 내려놓을 수 없었다. 공연이 끝나자 기다렸다는 듯 우레와 같은 박수갈채가 이어졌다. 나의 두려움이 희망으로 바뀌는 순간이었다. 그들의 호평과 찬사는 오랫동안 어두운 터널 속에서 지내온 나에게 보내는 보상이었다. 완벽한 재기 성공이었다.

니콜라이 달 박사의 치료법
니콜라이 달 박사는 라흐마니노프의 눈을 감게 한 후 주문을 걸었다.
"당신은 다시 작곡을 시작합니다. 당신은 아주 멋진 작품을 쓸 것이고 그 작품은 대성공할 것입니다."

나의 시선

라흐마니노프는 내가 세상에서 제일 좋아하는 작곡가다.

그의 음악을 처음 접했을 때 가슴이 몽글몽글해졌다. 이유는 없었지만 마음이 끌렸다.

그의 음악은 굉장히 화려했지만 슬픔이 깔려 있었다.

음악을 들을 때마다 나는 음악의 한가운데에 서 있었고, 비련의 여주인공이었다.

그는 인간의 마음을 흔드는 비상한 재주를 가지고 있었다.

그는 알고 있었다. 어떤 요소가 사람의 마음에서 감동을 일으키는지.

그의 음악에는 우울함과 애잔함이 항상 존재했고, 고난과 역경을 헤치고 환희에 다다르는 스토리텔링은 그의 단골 손님이었다. 고도의 테크닉은 음악에 화려함을 더하면서 사람의 감성을 극대화했다.

굉장히 섬세했고 완벽했다. 그는 알고 있었다. 어느 정도의 밀고 당김이 마음을 울컥하게 하는지를…….

그가 사용하는 선율과 화음은 그 어떤 작곡가도 표현하지 않던 새로운 것이었다. 이성보다는 감성의 지배를 받는 나는 그의 음악을 들을 때마다 빠져들었다.

내가 지치고 힘든 날,

세상이 날 어여쁘게 보지 않아 어둠 속을 헤매게 만든 날,

나는 그의 「피아노 협주곡 2번」을 찾았다.

음악을 들으면 밤새 드라이브를 하기도 하고, 불 꺼진 집에서 홀로 위스키를 들이키기도 했다. 음 하나하나가 지쳐 있는 나의 마음을 위로했고, 그가 만들어 놓은 멜로디에 나의 감정을 의지했다.

음악은 나를 위로하기도 했지만 나의 괴로움을 더 짜릿하게 만들었다.

처음에 등장한 여섯 번의 종소리는 내 마음에 숨어 있는

상처들을 하나씩 하나씩 꺼냈다. 야금야금 움직이기 시작한 음악은 나를 꺼낸 상처와 마주하게 만들었다. 숨기고 싶은 고통과 괴로움은 더 이상 외면할 길이 없었고 받아들여야 했다.

나는 점점 이성을 잃어갔다.

음악은 점점 소용돌이치는 고통 속으로 나를 밀어넣었고 나는 걷잡을 수 없었다. 정신뿐 아니라 육체까지도 흔들어 댔다. 아니 인생을 통째로 흔들었다. 그러다 다시 나를 다독거리며 진정시켰다. 인생은 다 그런 거라며 위로했다.

사람들의 위로에 끄덕하지 않는 나지만 그의 위로에 내 마음이 움직였다.

그의 기에 눌린 나는 점점 제 자리를 찾아갔다.

하지만 나의 본능은 다시 꿈틀거렸고, 감정의 동요는 다시 시작됐다. 과거에 비해 좀 나아지긴 했지만 그래도 평소에 비하면 역부족이었다.

하지만 난 다시 중심을 잡으려 노력했고 나의 주체가 되고자 노력했다. 외부의 영향이 아닌 내 자신의 힘으로 나를 다스리는 순간이 찾아왔다.

고통과 고요함이 번갈아가며 지나간 후 홀가분함과 밝은 에너지는 나를 감쌌고, 용기를 내 세상을 향해 나의 목소리를 낼 수 있을 듯했다.

음악이 나의 세포를 깨우고 멜로디가 나를 어루만져 주면서 완전히 회복되어 가고 있었다. 내 가슴은 점점 벅차올랐고, 더이상 고통과 아픔은 내 이야기가 아니었다.

나는 이 곡을 통해 속상한 마음을 위로받았고 다시 일어설 용기를 얻었다. 자기의 마음을 알아주는 음악을 만난다는 건 쉬운 일이 아니다. 또한 음악으로 치유받는다는 것 역시 쉬운 일이 아니다.

현실을 살아간다는 건 고통과 걱정 속에 버텨나가는 것이다. 좋은 날만 있으면 좋으련만 힘들고 괴로운 날도 우리를 맞이한다. 이를 외면하고 묻어두려 하기보다 내 편인 존재에게 의지해보면 어떨까?

감히 말하건대, 이 곡이 당신 편에 서서 말없이 당신의 아픔을 헤아려줄 거라 믿는다.

아무 생각없이 눈을 감고 음악에 몸과 마음을 맡겨보자.

내가 그랬던 것처럼 당신 역시 충분히 치유받을 것이다.

 여러분의 클래식
클라스를 위해

침묵도 소리더라

존 케이지 '4분 33초'
John Cage "4' 3" "

존 케이지의 시선

나는 좀 독특한 사람이다. 개성도 강하고, 4차원이라고 해야 하나?

항상 질문이 많고 호기심이 많았던 터라 피아노를 배우면서도 질문은 끊이질 않았다. 음악을 배우면 배울수록 나의 궁금증은 더 많아져갔다.

왜 88개 건반에서 나는 소리만 피아노 소리라고 할까?

바이올린은 꼭 활로 줄을 그어서 소리를 내야만 할까?

연주자는 꼭 작곡가가 정해놓은 악보대로 연주해야만 하

는 걸까?

누가 그리고 언제부터 멜로디와 화음이 있는 걸 음악이라고 부르기 시작했을까?

왜 꼭 정해진 규칙 안에서 곡을 만들어야 하는 걸까?

이런 의문을 제기하는 내가 좀 이상하게 보일지 모르겠지만 발명가 아버지의 DNA를 물려받은 나에게 이런 호기심은 당연했다. 어른이 되자 호기심은 이제 생각에 그치는 게 아니라 행동으로 옮겨졌다. 이들은 실험대 위에 올려졌다. 열정이 가득했던 나는 남들이 뭐라 하든 호기심을 해결하는 데 모든 걸 쏟아부었다.

먼저, 나에게 세상에서 들리는 모든 소리는 음악이였다(악기 소리, 사람 소리, 자동차 소리 등등).

사람들이 정해놓은 규칙이 아닌 우리 귀에 들리는 소리는 전부 음악이라 불릴 수 있다고 믿었다. 나는 규칙에서 벗어나 새로운 소리를 만들기 시작했다. 다양한 도구가 활용되었고, 물건의 형태를 변형시키기도 하였다(피아노 줄과 줄 사이에 머리빗을 꼽거나 나사를 이용해 새로운 소리를 만들어냈다). 지금까지 그 누구도 생각하지 않았던 기상천외한 방법들로 나는 음악을 만들었다. 사람들은 나의 이상한 실험에 고개를 갸우뚱했지만 여기서 만들어진 결과는 나에게 환희와 희열을 안

겨주었다.

또한 새로운 것에 흥미를 느끼는 나였기에 동양 철학은 창조적인 내 음악 세계를 구축하는 데 지대한 영향을 끼쳤다. 특히 중국의《주역》은 우연성이라는 새로운 이론을 보여주며 내가 무한한 가능성의 음악을 만드는 데 혁혁한 공을 세웠다.

우연성 음악
연주자가 악보 그대로 연주하는 방식이 아니라 주사위를 던져
주사위의 결과에 따라 음악이 만들어지는 방식

다양한 실험을 하며 지구상의 모든 소리에 심취해 있던 나는 항상 침묵에 대한 갈증이 있었다. 소리에 대한 호기심을 어느 정도 해결한 나는 침묵에 대한 궁금증에 한 발 다가가기 시작했다. 하버드 대학에 있는, 모든 소리를 흡수하도록 설계되었다는 녹음실을 찾았다. 당연히 아무 소리도 안 들릴 거라 확신하고 그방에 들어갔지만 어디에선가 자꾸 소리가 들렸다.

'환청이 들리는건가? 분명 소리를 흡수하도록 만들어진 방이라 했는데, 어디서 나는 소리일까?'

나는 엔지니어를 다급히 불렀다.

"내 귀에서는 소리가 들리는데 이게 정상적인 거예요? 왜 소리가 들리는 거죠? 이 녹음실은 아무 소리도 안 들리도록 설계된 방이잖아요."

그는 말했다.

"당신 귀에 들리는 소리는 당신 몸 속에서 나는 소리예요. 당신 몸 안의 신경계에서 나는 소리와 혈액이 몸을 순환하는 소리인 거죠."

그때 나는 깨달았다. 세상에는 절대 침묵이 존재할 수 없다는 걸. 그렇다면 악기를 연주하지 않아도 연주가 가능했다.

이 날 이후 나는 「4분 33초」라는 곡을 만들었다.

연주자는 무대에 올라 피아노 앞에 가만히 앉아 있었다.

악보만 가끔 넘길 뿐 아무 행동도 하지 않았다.

관객의 기침소리, 숨소리, 옷깃 스치는 소리, 종이 만지는 소리만 들릴 뿐이었다.

이 곡은 이게 음악이었다. 피아노 선율이 주인공이 아닌, 그 연주장 안에서 들리는 모든 소리가 주인공이었다. 덕분에 이 곡은 연주할 때마다 다른 곡이 되었다. 우연성을 통해 무한한 가능성을 가진 음악이 된 것이다.

태어나서 이런 방식을 처음 경험하는 관객들은 고개를 갸우뚱했고 혹평은 쏟아졌다. 「4분 33초」는 음악으로서 외면당했다. 하지만 시간이 지나 다양한 예술 표현에 마음을 여는 관객이 늘어나면서 이 곡 역시 조명을 받기 시작했다. 무한한 가능성을 지닌 음악을 넘어 예술의 경계마저 허무는 음악이라 평가받았고 예술사에 큰 획을 그은 작품으로 여겨졌다.

나의 시선

처음 존 케이지의 「4분 33초」를 들었을 때 좀 황당했다.

음악에는 당연히 멜로디가 있다고 생각하며 살아온 나에게 아무 소리가 안 나는 음악이라니…….

나는 녹음 사고라 생각했다. 바로 친구한테 전화를 걸었다.

"너 존 케이지 작품 들어봤어? 아무 소리도 안 들리는데, 이거 왜 이래? 녹음 잘못된 거야?"

친구가 말했다.

"아니. 그 곡은 아무 소리가 안 나. 4분 33초 동안 그 상태일 거야. 아주 정상적으로 녹음된 거야. 존 케이지가 좀 독특

하잖아. 또 이상한 음악을 만든 거지. 음악가조차 이해 못 하는 그런 음악."

내가 말했다.

"사고가 일단 아니고, 무슨 생각으로 이런 곡을 또 만든 건지…… 진짜 알다가도 모를 양반이다. 어렵겠지만 이해해 보도록 노력해 봐야겠다."

그렇게 존 케이지의 「4분 33초」를 향한 도전은 시작되었다.

음도 음표도 없는, 하얀색은 종이, 검은색은 오선지인 아무것도 없는 악보를 뚫어져라 쳐다보았다.

보통 사람과 전혀 다른 사고를 하는 음악가이기에 평범한 음악가인 내가 그의 진짜 의도를 이해하는 건 쉽지 않았다. 악보를 쳐다보다 지친 나는 이 곡을 연주한 다양한 피아니스트들의 연주를 감상했다.

얼굴과 의상만 다를 뿐 하나같이 똑같았다.

무대에 들어와서 인사하고 관객의 박수를 받으며 피아노 앞에 앉았다. 시간이 흐르면 악보를 넘기고, 다 되었다 싶으면 일어나서 인사했다.

그러면 또 관객은 박수를 치고 연주자는 무대를 나갔다.

(아무 소리도 안 나는 4분 33초는 생각보다 정말 길다.)

자꾸 반복해서 볼수록 무언가 찾아내고자 하는 나의 욕구는 점점 강해져갔고 귀는 예민해졌다.

계속해서 영상을 보니 조금씩 다름이 느껴지기 시작했다.

피아노 소리는 아니지만, 잡음이나 박수 소리, 기침 소리, 숨 소리 등이 전부 달랐다.

그랬다. 공연장 안에서 만들어지는 소리가 전부 음악이었던 것이다. 말로만 듣던 우연성 음악을 직접 경험한 순간이었다. 그렇기 때문에 무대에 서 있는 사람만 연주자가 아니라 연주장에 안에 있는 모든 사람이 주인공이자 연주자였다. 그의 의도를 파악하자마자 그의 천재성에 놀라움을 금치 못했다. 신선했고 재미있었다.

하지만 쉽게 연주할 엄두는 나지 않았다.

지금까지 해오던 음악이 아닌 새로운 음악이라 두려움이 앞서는 것일까?

아니면 4분 33초를 느긋하게 느끼며 연주할 자신이 없는 걸까?

아니면 이 곡을 연주하는 동안의 청중의 반응을 걱정하는 것일까?

많은 질문과 생각이 내 머릿속을 스쳐 지나갔다.

기회가 된다면 꼭 무대에서 연주해 보고 싶지만, 그러려면 큰 용기가 필요했다. 처음 이 곡을 듣는 사람이라면 나처럼 사고라고 생각해서 대부분 10초 안에 곡을 끌 것이다. 하지만 좀 더 넓은 시각과 함께 마음을 열고 끝까지 들어보자.

「4분 33초」는 음악을 함께하는 관객도 연주자이기 때문에 음악을 듣는 당신도 그 곡의 연주자와 마찬가지다. 곡이 연주되는 동안 당신이 내는 소리, 숨소리나 부스럭거리는 소리도 그 곡의 일부라는 이야기다.

억지로 행동할 필요는 없지만 당신도 이 음악의 연주자라 생각한다면 「4분 33초」가 그리 거리감 있게 느껴지지는 않을 것이다.

 여러분의 클래식 클라스를 위해

4'33"

for any instrument or combination of instruments

John Cage

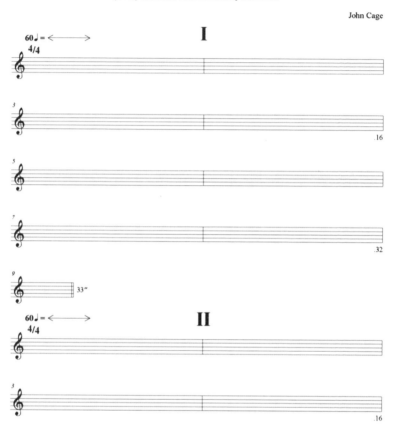

4분 33초 악보

100

우리 천사, 잘가

알반 베르그 바이올린 협주곡
Alban Berg Violin Concerto

베르그의 시선

우리의 마농이 세상을 떠났다.
왜 하필 마농이었을까……
하늘에서 그녀가 필요했던 걸까.

마농은 우리에게 딸이나 마찬가지였다. 불임이라 아이를
가질 수 없는 우리 부부에게 그녀는 하늘이 주신 선물이었
다. 발터와 알마 사이에서 태어난 어여쁜 마농은 사람을 즐
겁게 해주는 아이였다. 모두들 그녀를 좋아했다. 그들은 그녀
를 사랑했고 예뻐했다. 나 역시 그 아이를 보고 있으면 그저

알마와 마농

행복했다. 세상 근심과 걱정이 다 사라지는 것 같았다. 특히 나보다는 와이프에게 마농은 특별한 존재였다. 우리 아이는 아니었지만 그녀는 잠을 잘 때면 마농의 사진을 꼭 곁에 두곤 했다. 남의 집 딸아이에게 유별나다 할지 모르겠지만 우리의 마음속에 그녀는 좀 각별했다.

그러던 어느 날, 갑자기 연락이 왔다. 알마와 여행 중인 마농이 아프단다.

그런데 아픈 게 좀 심상치가 않았다. 갑자기 머리가 아프더니 마비가 왔다면서 소아마비라고 했다.

열일곱 살 우리 마농이에게 이게 무슨 일인가······.

여행에서 돌아온 아이는 쉽지 않았지만 건강을 되찾고자 열심히 노력했다. 그 노력에 보답이라도 하듯 그녀의 병세는 조금씩 조금씩 나아졌다. 호전돼 가는 마농을 보며 나는 가슴을 쓸어내렸다.

다시 활발하고 어여쁜 아이를 볼 수 있겠구나 하는 기대감과 함께. 하지만 나의 기대감도 잠시, 그녀의 병세는 급격하게 나빠지기 시작했다.

하느님이 그녀를 많이 보고 싶어 하시는 걸까?

그녀가 아프기 시작한 지 1년이 좀 지난 어느 날, 우리의 마음을 뒤로한 채 하늘로 올라갔다.

우리에게 딸이나 마찬가지였던 마농이 세상을 떠나자 나와 내 아내의 슬픔은 이루 말할 수 없었다.

온통 머릿속은 그녀에 대한 생각뿐이었다.

마농의 장례식을 마치고 나는 별장으로 향했다. 현실과 마주할 자신이 없었다. 나는 혼자만의 동굴로 들어가 딸을 잃은 알마와 하늘나라로 올라간 마농을 위해 곡을 쓰기 시작했다. 자식을 잃은 슬픔을 위로해 주고 싶었고, 꽃다운 열여덟 살에 세상과 작별해야만 했던 그녀를 기억하고 싶었다. 내가 지금 이 순간 그녀에게 해줄 수 있는 유일한 일이었다. 난 음악으로 그녀를 추억했고, 그녀를 놓아주고자 더욱 몰두했다.

곡에 모든 걸 쏟아부어서인지, 곡이 완성되어갈 무렵 내 마음은 조금씩 안정을 찾아갔다. 이제야 그녀를 따뜻하게 보내줄 수 있을 것 같았다.

이 곡은 마농에게 헌정되었으며, 크래스너의 연주를 통해 널리 퍼졌다.

이런 사연이 있었대요

유명한 바이올리니스트 루이스 크래스너는 베르그에게 자신을 위해 곡을 만들어 달라고 부탁한다. 하지만 오페라 〈룰루〉를 만들고 있던 베르그는 크래스너의 제안이 썩 내키지 않았다. 하지만 경제적인 사정 때문에 거절할 수 없었다. 승낙을 하고 난 후에도 오페라를 작곡 중이라는 이유로 크래스너가 부탁한 작곡을 미루던 베르그에게 마농의 사망 소식은 충격적이었다. 오페라 작곡을 당장 그만둔 베르그는 마농을 위한 진혼곡이라는 이름으로 크래스너가 부탁한 작곡을 시작한다. 완성한 곡을 크래스너에게 보낸 그는 노트를 남긴다.

"나는 어제 당신의 바이올린 협주곡의 작곡을 끝냈습니다. 이 곡은 당신보다 나를 더 놀라게 했으며, 나에게 너무나 많은 즐거움을 주었습니다. 나는 이 곡이 성공하리라 희망합니다. 아니 성공할 거라는 강한 확신이 있습니다."

이 곡은 「어느 천사를 회상하며」라는 제목으로 루이스 크래스터가 연주했고 그의 확신대로 큰 명성을 얻었다(베르그는 이 곡을 완성하고 4개월 뒤에 죽었다).

나의 시선

베르그는 클래식 애호가나 음악을 전공한 사람이라면 들어봤을 만한 사람이지만 대중에게 그리 친숙한 음악가는 아니다. 나 역시 음악 이론을 배우면서 베르그를 처음 접했다.

현대 음악에 큰 호감이 없던 나는 과제로 이 곡을 들었을 때 큰 기대를 하지 않았다.

'아, 현대음악이구나. 다른 현대음악처럼 기승전결없이 사부작사부작 하다가 끝나겠구나' 하고 예상했다.

하지만 이 곡은 내가 평소에 느끼던 현대곡의 전형이 아니었다. 인상주의 음악처럼 몽환적인 느낌이 음악을 지배했고, 나는 자연스레 꿈 속으로 빠져들어 갔다. 꿈 속에서 난 죽은 그녀와 내가 함께한 지난 날의 추억을 떠올렸다.

희미한 기억 속의 그녀는 나의 기쁨이요 행복이었다.

슬픔이 담긴 그녀의 눈동자는 매력적이었고 그녀를 더욱 신비롭게 만들었다. 섬세하고 열정적인 여인이었으며, 예술적인 감성 또한 탁월했다. 하지만 내 눈에는 보였다. 밝은 그녀 속에 숨은 어둡고 내성적인 모습들…….

내가 어떻게 해줄 수는 없지만 그녀가 힘들어하지 않고 밝고 즐겁게 지냈으면 하는 바람이었다.

그녀는 작은 일도 허투루 하는 법이 없었다. 매순간 열정적이었으며 그녀의 열정은 모든 행동에 묻어났다. 특히 예술작품에서 확실히 드러났다. 남들보다 다이나믹하고 과감한 붓터치는 예술가로서 존경하지 않을 수 없게 만들었다. 하지만 예술가가 아닌 인간으로서의 그녀는 참으로 여렸다.

나에게 소중한 그녀가 지금 아프다.

그녀는 가녀린 몸으로 병마와 힘겨운 사투를 벌이고 있다. 아직까지 잘 버텨내고 있는 것 같다. 그녀에게 잠시 평화가 찾아왔다. 병마와 휴전을 했나 보다. 그녀는 물 한 모금을 넘기며 숨을 돌리고 있다.

내가 도와줄 수 있는 게 아무것도 없다. 결국 그녀 혼자 이겨내야만 한다. 그녀도 그걸 아는지 큰 숨을 들이쉰다. 다시금 고통이 그녀를 덮쳤다. 다시 찾아온 병마가 그녀를 더 괴롭혔다. 그녀는 더 힘을 내 저항해 보지만 소용이 없다. 병마와의 싸움이 길어질수록 그녀는 점점 정신을 잃어갔다. 그녀는 이 모든 걸 그만하고 싶다고 나에게 애원했다.

이제 그녀를 놔줘야 할 시간이 온 것만 같다. 그녀는 내 손을 잡았다. 자신은 괜찮다며 나를 위로하는 그녀의 얼굴에 평온이 깃들어 있다.

그 평온도 잠시, 갑자기 고통이 그녀를 엄습해온다. 그녀는 안다. 이 고통이 마지막임을. 그녀는 저항하지 않고 순순히 받아들였다. 순응하는 모습을 바라보는 나의 가슴은 찢어진다. 그녀의 심장 박동은 점점 희미해져 간다.

잘 가요, 내 사랑!

이 곡을 듣는 내내 사랑하는 여인을 떠나보내는 고독한

상남자가 되어 있었다. 현대음악을 들으면서 한 번도 이런 적이 없었다. 현대곡에 마음이 반응하기는 처음이었다.

구름이 잔뜩 낀 가을 바람이 부는 오후, 나뭇잎이 몇 개 남지 않은 나무를 바라보며 이 곡을 들어보자.

떠나보낸 연인에 대한 추억과 함께 아련한 감정이 당신의 마음을 어루만지고 있지 않을까?

 여러분의 클래식 클라스를 위해

이슈의 중심에 서다

이고르 스트라빈스키 '봄의 제전'
Igor Stravinsky "Rite of Spring"

스트라빈스키의 시선

꿈을 꿨다.

원시 종교 같았다. 태어나서 처음 보는 광경이었다.

잠에서 깨어났음에도 선명한 이 꿈을 잊을 수가 없다.

이게 무슨 꿈일까, 왜 이런 꿈을 꾼 걸까.

나는 정말 궁금했다.

생각을 하고 또 생각해 봐도 알 수 없는 꿈이었다.

나는 레리히에게 연락했다. 요즘 원시시대 연구에 푹 빠진

그라면 나에게 답을 줄 수 있을 것 같았다. 내 이야기를 들은

그는 내가 원하는 대답을 하기는커녕 그런 꿈을 꾼 나를 부러워했다. 시간이 지나도 그 장면은 희미해지지 않았다. 신기하고도 놀라운 경험이라 결론을 내린 나는 레리히와 손을 잡고 내가 꿈에서 본 광경을 토대로 대본을 만들기 시작했다.

대본은 기가 막혔다. 아주 만족스러웠다.
이 대본은 예술계의 큰손이자 러시아 최고의 극장 흥행주인 디아길레프의 눈에 들었다. 그는 나에게 이 대본을 토대로 발레 음악을 만들어 보자고 권유했다. 러시아 예술계를 꽉 잡고 있는 그의 안목으로는 이 대본이 흥행작으로 꽤 괜찮아 보였나 보다.

그의 권유에 난 발레음악으로 가닥을 잡고 작곡을 시작했다. 한 번도 본 적 없고 들어본 적도 없는 이런 작품을 어떻게 해야 할지 큰 고민이었다.
대자연의 의식을 음악으로 어떻게 표현해낼 수 있을까?
난 악기가 가진 소리를 비상식적으로 조합하기 시작했다. 그 소리는 아주 불편했고 귀를 막고 싶을 지경이었다. 말도 안 되는 화음은 원시적이고 괴기스러운 느낌을 극대화했다.
작품에 몰두하면 몰두할수록 이상한 아이디어가 점점 다양해져갔고 음악은 점점 본능적이고 날것의 냄새로 가

니콜라스 레리히의 봄의 제전 컨셉

득했다. 두렵기도 하고 무섭기도 했지만 지금까지 어느 누구도 시도해본 적 없는 작업이라 그런지 새로운 길을 개척한다는 생각에 조금은 신나기도 했다. 꽤 난해하고 복잡했지만 결국 대본에 걸맞는 음악을 만들어 내는 데 성공하였다.

이 음악에 어울리는 안무가 필요했던 나는 러시아 최고의 무용수 니진스키를 찾아갔다. 그는 음악을 듣자마자 거절의 의사를 밝히고 발을 뺐다. 그 또한 처음 들어본 스타일의 곡이었고 어떻게 해야 할지 전혀 감이 오질 않았던 것이다. 최고의 무용수조차 고개를 저었다면 안무를 부탁할 사람은 더 이상 없었다. 나에겐 선택지가 없었다. 니진스키에게 매달려보는 수밖에.

나의 계속되는 부탁에 그는 결국 본능적이고 날것이 가득한 춤사위로 안무를 완성했다.

많은 우여곡절 끝에 드디어 연주 날짜가 다가왔다. 두려움과 설렘에 내 심장은 두근거렸다.

나를 믿고 극장을 찾아온 관객들.

그들은 오늘 그들이 보게 될 작품이 지금까지 한 번도 경험해본 적 없는 공연이라는 걸 알지 못했다. 그들은 단지 내가 과거에 들려준 음악과 비슷할 것이라는 생각을 하며 관객석에 앉아 있었다. 관객석의 불이 꺼지고 연주는 시작되었다.

그런데 이게 무슨 일인가. 음악이 시작되자마자 사람들이 웅성거리기 시작했다. 한 번도 들어보지 못한 음악에, 눈살을 찌푸리게 만드는 춤사위까지. 관객들은 고함을 질러 댔고 욕설도 서슴지 않았다. 음악은 관객의 소리에 점점 묻혀 갔다. 음악이 안 들리니 그들은 발레에 집중했고, 필터링 없는 춤사위를 본 그들의 표정은 일그러졌다.

사실 니진스키는 나의 음악을 제대로 이해하지 못한 채 자신의 야망이 가득 찬 춤사위로 안무를 만든 것이었다. 나는 점점 화가 나기 시작했고, 짜증이 올라왔다.

디아길레프 또한 내 음악이 마음에 들어 무대에 올린 게 아니었다. 철저한 사업가 마인드에 속물적인 그는 내 작품이 돈이 된다는 확신이 있었다. 지금까지 들어본 적 없는 특이하고 이상한 음악이 분명 이슈가 될 것이 명백한 사실이었으니 말이다.

그의 생각대로 다음날 신문에 「봄의 제전」은 대서특필 되었고, 내 공연에 관심이 없던 이들까지 공연장으로 몰려들었다. 나는 철저하게 디아길레프와 니진스키에 이용당했다. 그들을 믿은 내 자신이 참으로 어리석었다. 곡에 대한 기대가 컸던지라 그들을 향한 배신감과 상처는 생각보다 깊었다.

「봄의 제전」은 그들의 이익을 위한 수단으로서 사용된

작품이었지만, 나의 눈에는 음악적으로 완성도가 높은 작품이었다. 많은 사람이 비난하더라도 나는 내 음악이 좋았다.

항상 같은 스타일의 음악에 싫증을 느낀 사람들에게 이 작품은 충격적이었지만 신선했다. 호평이든 혹평이든 음악이 사람들 뇌리에 강하게 박힌 건 사실이었다. 혹평으로 시작된 '봄의 제전'은 점점 새로운 시도라는 긍정적인 평가와 함께 매니아층이 생길 정도로 인기를 얻었으며 전 세계적으로 러브콜을 받을 만큼 음악적으로 가치 있는 작품으로 여겨졌다.

봄의 신을 위해 의식을 치르고 찬양하기 위해 만든 곡이라 「봄의 제전」이라는 이름을 가짐.

나의 시선

이 곡을 처음 접했을 때 히치콕 감독이 음악을 만든 줄 알았다.

공포영화 OST라 해도 전혀 손색이 없었다.

아름다운 음악은 아니지만 중독성은 좀 강했다.

음악에서 흘러나오는 리듬이 자꾸 머릿속을 맴돌았다.

그 리듬에 이끌려 며칠을 이 곡만 들었다.

처음에는 공포영화의 장면들이 그렇게 생각나더니,

점점 스트라빈스키의 꿈 이야기가 떠올랐다.

의식이 시작되기 전이다.

신비와 매혹이 대자연을 감싸고 젊은 남녀가 정신없이 춤을 추고 있다. 그들은 의식에 몸을 맡긴 채 움직이고 있다. 정신과 육체의 몽롱함 속에 그들은 못된 짓도 서슴없이 저지른다. 남녀의 행동에 대자연도 슬슬 본능을 드러낸다. 꽃들도 점점 얼굴을 들기 시작하고, 나무도 분위기에 취해 정신없이 몸을 흔든다. 벌레 무리는 대형을 맞춰 마치 군대처럼 행진을 시작한다. 자연에 있는 온갖 생물체가 자기 마음대로 움직인다. 이 모습들은 마치 내일 다가올 의식을 맞이하는 마음가짐처럼 느껴진다.

멀리서 들려오는 음산한 기운은 우리의 자유를 빼앗고자 슬금슬금 다가온다. 마침내 그들은 우리를 전부 뒤덮는다. 우리는 그들과 협상을 원하지만 그들은 그럴 마음이 전혀 없어 보인다. 싸움만이 살길인가……. 자유를 위해 우리는 치열하게 싸운다. 그들과 엎치락뒤치락하면서 우리는 점점 앞으로 나아간다. 결국 그들은 사라지고 우리는 승리한다. 승리와 함께 우리의 전야제도 끝나간다.

의식은 시작되었다.

음산하고 으스스한 분위기가 자연 전체를 휘감는다. 무섭고 끔찍한 일이 벌어질 것만 같은 기분이다.

제물을 골라야 한다. 모두들 눈치를 보고 있다. 누가 희생양이 될 것인가. 선택된 그녀는 자신이 선택되었다는 사실이 믿을 수 없다는 눈치다.

맨 정신의 그녀는 점점 미쳐간다.

의식을 행하려고 주술사는 점점 영혼들을 불러 모은다. 주문을 외우고 춤을 춘다. 주문을 외우는 목소리에는 힘이 실려 있고 춤에는 절제미가 가득하다. 주술사의 몸짓 하나하나에는 영혼이 깃들어 있다. 희생양인 그녀는 시간이 지날수록 두려움에 몸을 떤다.

주술사는 온 힘을 다해 기도한 후 그녀를 바친다. 혹여나 영혼의 마음에 언짢음이라도 생길까 그녀는 자신의 모든 기를 다 모아 의식을 행한다. 재물인 그녀는 점점 의식을 잃어가고 우리의 의식은 정점을 향해 달려간다. 주술사뿐 아니라 그 의식에 함께한 모든 이들은 마무리가 잘될 수 있도록 간절히 기도를 드리고 의식은 성공적으로 끝난다.

지금 들어도 이상하고 음산한 기운에 몸이 움찔움찔하는
데, 그 당시 이 음악을 들었을 때의 사람들의 기분이란…….

이해가 안 되는 건 아니다. 또한 사회적으로 이슈가 되는
것도 당연해 보인다.

지금이야 혁신이라는 단어와 함께 이 음악을 높게 평가하
지만, 당시를 생각하면 스트라빈스키의 도전 정신에 박수를
보낸다.

이 음악은 발레와 함께 보기를 추천한다

음악만으로 이해하기 어려운 스토리를 춤과 함께하면 쉽
게 이해할 수 있기 때문이다. 나 또한 음악적으로 의구심이
들던 부분이 발레 공연을 보면서 완벽히 이해되었다.

또한 한여름에 공포영화는 보고 싶은데 겁이 많아 볼 엄
두가 안 난다면, 난 이 음악을 강력히 추천한다. 공포영화를
본 것과 똑같은 효과를 경험하게 될 테니까.

여러분의 클래식
클라스를 위해

나의 소망은 내 조국을 갖는 것입니다

장 시벨리우스 '핀란디아'
Jean Sibelius "Finlandia"

시벨리우스의 시선

나의 조국은 핀란드다.
나는 핀란드 사람이다.
나의 소망은 우리만의 나라를 갖는 것이다.

내가 태어날 때부터 우리나라는 러시아의 지배하에 있었다. 우리는 우리만의 나라를 만들어가고 싶었지만, 그것은 뜻대로 되지 않았다.
스웨덴에서 잘 버티고 있던 핀란드는 나폴레옹의 영국 전쟁 실패 여파로 우리의 의견과 상관없이 러시아로 넘어갔다.

그래서인지 국민의 마음속에는 항상 독립을 향한 의지가 불타오르고 있었다. 다들 강렬한 불씨를 가진 채 기회만 엿보고 있었다.

러시아의 니콜라이 2세가 무슨 생각인지 몰라도 갑자기 핀란드의 자유와 언어를 억압하기 시작했다. 아무래도 국민의 애국심을 꺾어버리고 러시아화하려는 수작이었으리라. 아무리 생각해도 그의 명령은 도를 넘었다. 러시아는 모든 걸 금지했다. 그렇다고 가만히 있을 우리가 아니었다. 투쟁을 해야 할 시기가 다가온 것이다. 점점 심해지는 그들의 억압은 우리끼리의 결속을 더 단단하게 만들었으며 독립에 대한 의지를 더 활활 불태웠다. 우리는 그들의 눈을 피해 우리만의 방법으로 투쟁해 나갔다.

보통 비밀리에 일을 벌이곤 하지만 언론을 도와줄 기금을 모으는 행사는 그렇게 하기엔 조금 무리가 있었다.

러시아에 대한 저항을 주로 다루면서 핀란드 독립을 지지하는 언론은 러시아의 탄압 탓에 경제적인 어려움에 처해 있었고, 곧 문을 닫을 위기에 놓여 있었다. 우리편이 무너지는 걸 손놓고 지켜볼 수는 없었다.

우리는 머리를 맞댔다. 언론 기금 마련 행사였지만 특정 언론사가 아닌 핀란드 전체 언론을 위한 행사로 둔갑시켰다.

핀란드 전체를 아우르는 행사다 보니 핀란드의 역사를 다룬 역사극 역시 큰 무리가 없었다. 러시아인이 와서 봐도 전혀 의심할 여지가 없는 순서였던 것이다. 우리는 핀란드의 많은 역사 중에 애국심을 고취시킬 수 있는 주요 사건을 위주로 극을 만들었다. 전체적으로 내용은 그리 자극적이지 않았다. 하지만 하이라이트는 마지막에 있었다. 러시아가 저지른 만행 탓에 가난, 추위, 기근, 죽음 등으로 고통받는 핀란드인을 묘사한 것이다. 나는 조국을 향한 뜨거운 마음을 담아 이 장면에 사용할 음악 「핀란드여, 일어나라」를 만들었다.

음악에 아름다운 우리나라의 자연을 표현했고, 그 안에는 나라에 대한 사랑과 충성심이 가득했다. 나는 확신했다. 음악이 사람들을 더 단단하게 만들고 민족의식을 고취시킬거라고. 내 예상대로 사람들은 곡에 열광했고, 독립을 향한 그들의 의지는 점점 불타올랐다.

하지만 안타깝게도 그날 이후 음악은 더 이상 핀란드 내에서 연주될 수 없었다. 러시아는 애국심을 불러일으키는 음악이 두려웠던 것이다. 우리는 방법을 찾아야 했다.

러시아가 연주를 강력히 금지할 정도면 들었을 때 애국심을 불러일으키는 데 탁월했다는 건 확실하다.

나는 「핀란드여, 일어나라」를 오케스트라가 연주할 수 있도록 재편곡했고 제목도 「핀란디아」로 바꿨다.

핀란드의 독립을 열망하는 핀란드 출신 지휘자와 오케스트라는 외국 투어가 있을 때마다 이 곡을 다른 나라에서 연주했고, 반응은 폭발적이었다. 이들의 이러한 노력과 음악 덕분에 전 세계 사람들이 핀란드의 독립운동에 관심을 갖기 시작했다. 핀란드 내에서는 다른 이름으로 연주되거나, 곡 전체가 아닌 멜로디만 다른 곡에 붙여 연주하는 방식으로 국민들의 애국심을 고취시키고 있었다. 이렇듯 다들 한마음 한뜻으로 「핀란디아」를 사랑해줬고, 독립을 향한 투쟁은 계속되었다.

나의 시선

처음 이 곡을 들었을 때, 내 팔에는 여러 번 소름이 돋았다.

음악 소리에 압도당했고, 멜로디에 내 심장은 어찌할 바를 몰랐다.

내 머릿속은 우리나라의 슬픈 역사로 가득했다.

대한민국 임시정부, 3·1 운동,

윤봉길 의사, 유관순 열사 등.

그래서 나도 모르게 음악을 들으면서 불편한 마음을 감출 수 없었다. 우리나라와 워낙 비슷한 역사를 가진 핀란드이기에 이 음악이 결코 낯설지 않았다.

　곡이 시작되면서 난 독립 투사가 되었고, 묵직한 소리가 등장하자 고통받는 민중이 되었다.

　전쟁 때문에 피폐해진 우리나라를 보며 고통스러웠지만 다른 나라로부터 여전히 지배받는 우리는 소리 내 울부짖을 수 없었다. 희망은 보이지 않았고 괴로움의 연속이었다. 하지만 우리는 그렇게 약한 민족이 아니었다. 우리는 다시 힘을 냈다. 투쟁을 위한 준비를 하였고 점점 힘을 모아 나갔다. 우리의 의지는 하늘을 찔렀고 앞으로 나아갔다. 아무도 우리를 막을 수 없었다. 승리만이 우리를 기다릴 뿐.

　시간이 지날수록 밝은 빛은 우리를 향했고 승리가 얼마 남지 않았음이 느껴졌다. 우리는 자유를 열망하며 힘차게 노래를 불렀다. 그 노래는 온 세상에 울려 퍼졌고 내 가슴은 벅차올랐다. 우리는 결국 승리를 거머쥐었고 모두 기쁨의 눈물을 흘렸으며 여기저기서 환호성이 터져 나왔다.

　일본의 지배 아래 있던 대한민국의 국민으로서 나에게 이 곡은 큰 의미가 있었다.

　나는 항상 왜 지우고 싶은 슬픈 역사 속의 주인공이 꼭 우리여야만 했는가 하는 의문이 있었다. 그 의문이 해결된 건 아니지만 이 음악을 들으면서 나 혼자만의 고민이 아니라는 사실에 위로받았다. 어쩌면 나보다 더 힘들었을지도 모르는 그들의 역사를 생각해보며 동지애가 느껴졌다. 나는 더 이상 외롭지 않았다. 과거의 슬픈 역사 속에 머무르는 게 아니라 이를 극복하고 나면 더 나은 역사가 나를 기다리고 있을 거라는 기대감이 점점 높아져갔다.

어렸을 때, 한국사를 배울 때면 나는 좀 화가 나 있었다.

왜 흥선대원군은 쇄국정책을 해서 변화하는 세계에 발맞추지 못하고 머물러 있었는가.

왜 사람들은 나라를 일본에 내주었는가.

몇몇 사람들 때문에 고통받은 국민들을 생각하면 항상 마음이 아팠다. 미움과 속상함이 커서 나라를 위해 희생한 사람들의 대단함을 망각하고 있었다.

하지만 어른이 되어 가면서 나는 깨달았다. 미움과 속상함에 갇혀 있기보다는 자신의 목숨을 기꺼이 바친 그들에 대한 찬사가 더 중요하다는 것을. 그들이 있었기에 지금 우리가 편하게 살 수 있다는 사실을 말이다.

나는 3·1절이나 8·15 광복절에 이 곡을 듣기를 추천한
다. 조국에 대한 충성심보다는 지나간 역사에 대한 슬픔과
대단함을 동시에 느낌으로써 나라에 대한 자부심을 또한
가질 수 있을 거라 확신한다. 분명 이 음악이 당신에게 대
한민국 국민으로서 살아가는 자긍심을 느끼게 해줄 거라
믿는다.

알면 좋은 이야기

이 곡이 작곡되고 40년 후에 시인 베이코가 음악에 가사를 붙였
고. 시벨리우스는 이 가사를 바탕으로 곡에 합창 부분을 추가했
다. 그러면서 곡은 좀 더 풍성해졌고 덕분에 핀란드의 준 애국
가로 자리 잡게 되었다.

핀란디아

보라! 핀란드여!

이제 그대의 새벽이 떠오른다.

빛과 함께 어둠은 지나가고 공포는 사라졌으니

찬란한 아침 속에 종달새가 다시 노래한다.

저 높은 곳은 천상의 대기로 충만하고,

아침 해는 이글거리며, 밤의 어둠은 사라졌으니

곧 그대의 날이 오리라.

오! 나의 조국이여!

핀란드여!

일어나 미래를 향해 당당하게 걸어가라.

네 자랑스러운 과거가 다시 기억되리니 핀란드여!

아름다운 이마에서 굴종의 흔적을 떨쳐내라.

압제자의 지배에서도 무너지지 않았으니

곧 그대의 아침이 오리라.

나의 조국이여!

여러분의 클래식
클라스를 위해

III

음악과 그림 이야기

황금 전설 이야기

프란츠 리스트 '혼례'
Franz Liszt "Sposalizio"
라파엘 '성모 마리아의 결혼'
Raphael "Marriage of the Virgins"

그림 이야기

라파엘은 전해 내려오는 황금 전설을 그림으로 표현했다.

"황금 전설."

요아킴과 안나는 아이를 낳으면 성전에 봉헌하겠다고 하느님께 약속을 드렸다. 그들은 약속을 지키려고 마리아가 세 살이 되자 그녀를 성전으로 데리고 갔다. 산에 있는 성전의 제단까지 열다섯 개의 계단이 있었는데, 마리아는 누구의 도움도 없이 성큼성큼 계단을 올라갔다. 하느님과의 약속대로

라파엘 '성모 마리아의 결혼', 1504, 밀라노, 브레라 미술관

그들은 마리아를 성전에 두고 왔다. 그곳에는 마리아 말고도 다른 아이들이 있었다.

마리아가 열네 살이 되던 해, 제사장은 성전에서 자란 아이들을 결혼시키고자 집으로 돌려보냈다. 모든 아이들은 제사장의 말처럼 집으로 향했지만 마리아는 아니었다. 그녀는 성전에 봉헌된 이상 떠나지 않고 남아 있고자 했다. 또한 그녀는 결혼을 원치 않았다. 제사장은 이에 크게 당황하고 유다의 원로들에게 의견을 구하였다. 이들은 기도를 통해 하느님의 뜻을 듣고자 했는데, 드디어 주님의 목소리가 들려왔다.

"다윗 가문의 남성 가운데 결혼하지 않은 자들은 막대기를 들고 제단으로 모이게 하라. 막대기에 꽃이 핀 자가 마리아의 배우자가 될 것이다."

모인 남성 중에 요셉도 있었는데, 그는 유일하게 막대기를 가지고 오지 않았다. 너무 늙은 그는 열네 살 처녀와의 결혼은 말이 안 되는 일이라 생각했기 때문이었다. 제사장이 기도를 올리자 주님의 목소리가 들려왔다.

"막대기가 없는 자의 막대기에서 꽃이 필 것이다."

요셉이 막대기를 들어 제단에 올리자 거기서 꽃이 피기 시작했고 비둘기 한 마리가 그 위에 앉았다. 성모 마리아의 남편이 탄생되는 순간이었다.

이 그림은 신랑 요셉이 신부 마리아의 손가락에 결혼반지를 끼워주는 순간을 담았다.

그림 중간의 주례 선생님은 나이가 지긋한 유다의 제사장이고, 수염이 있는 남성이 요셉이다. 손가락을 내민 여인은 열네 살의 마리아인데 꽃다운 처녀로 얌전하고 단아하게 표현되었다.

요셉 뒤에 보이는 청년들은 다윗 가문의 남성 가운데 결혼하지 않은 자들로서 마리아와의 결혼에 도전하는 남성들이다. 자세히 보면 요셉의 막대기에만 꽃이 피어 있고 다른 남성의 막대기에는 아무런 변화가 없음을 알 수 있다. 요셉 옆의 남성은 이 결혼에 불만이 많은지 지팡이를 부러뜨리고자 하는 행동을 보이고 있다.

화면 뒤쪽에 보이는 웅장한 건물은 마리아가 세 살부터 열네 살까지 살던 전설 속의 성전이다. 라파엘은 원근법을 통해 인물과 성전 사이에 있는 광장의 공간감을 현실적으로 표현해 냈으며, 그림에서 풍기는 부드러움과 우아함은 마리아와의 결혼식을 더욱 성스럽게 보여주고 있다.

나의 모태 신앙은 가톨릭이다.

그래서 여자를 굉장히 좋아하지만 마음 한구석에는 신앙적으로 살고 싶다는 동경을 가지고 있다.

아버지가 세상을 떠나시고 가장이 된 나는 어머니를 부양해야 할 의무가 있었다. 돈벌이를 하러 나와 어머니는 파리로 이사했고, 나는 내가 할 수 있는 일이라면 뭐든지 했다. 하지만 아무리 열심히 살아도 주머니 사정은 나아지지 않았다. 그러던 어느 날, 쇼팽은 나에게 돈 많은 사모님이 포진해 있는 파리 사교계로 나를 안내했다.

그분들 눈에만 들면 앞으로 경제적인 걱정은 좀 덜어도 될 듯싶었다. 나는 혼신의 힘을 다해 피아노를 연주했고 그들은 환호했다.

사교계의 부인들이 워낙 아름다워 눈을 어디에 둬야 할지 몰랐지만, 남다른 분위기를 풍기는 마리 다구 백작 부인에게 나는 자꾸 눈길이 갔다. 그녀의 당당함과 도도함은 요즘 여인들에게서 찾아볼 수 없는 큰 매력이었다. 힘겹게 살아가는 나와는 달리 상류 세계에서 살아가는 그녀의 모습은 참 멋졌다. 그녀는 나에게 평생 경험해본 적 없던 새로운 세상을 보여주었고, 나에게 호의를 베푸는 그녀에게 점점 빠져들었다.

그녀는 남편과 자식이 있는 유부녀였지만 우리는 서로 사랑에 빠졌다. 그녀는 나의 음악적 뮤즈였고, 내 삶에서 한 줄기빛 같은 존재였다.

그녀와 함께한 스위스와 이탈리아에서의 삶은 서로를 더알아가는 시간이었을 뿐 아니라 나에게 음악적으로도 큰 변화를 가져다주는 계기였다.

이탈리아에서 만난 르네상스 거장들은 내게 굉장히 큰 인상을 주었다.

라파엘의 그림은 유독 뛰어난 원근법과 정확한 비율로 내눈을 사로잡았다. 그가 표현한 산과 프란체스코 성당의 거리감, 프란체스코 성당과 광장 그리고 마리아의 결혼식까지 이어지는 입체감은 독보적이었다(그는 천재 화가임이 틀림없다). 그가 허투루 그린 부분은 단 한 부분도 없었다. 계획이 있는것처럼 각자의 자리에 그림과 사물을 그려 넣었으며 그 덕분인지 그림에서 안정감과 편안함이 절로 느껴졌다. 또한 이그림의 모티브인 황금 전설은 가톨릭 신자인 나에게 그냥 지나칠 수 없는 주제였다.

이렇게 아름다운 그림을 그림으로만 감상하기엔 좀 아쉬움이 남았다. 나는 그림에서 받은 영감과 그의 미술적 기법을 음악으로 표현한 곡을 만들었다. 시작은 잔잔하나 뒤로

갈수록 화려해지는 음악은 그의 원근법을 표현한 것이며 성가의 등장은 성스러운 마리아의 결혼식을 보여주기 위함이었다.

라파엘 〈성모 마리아의 결혼〉 비율 분석

나의 시선

내가 보기엔 그의 이중성은 좀 지나치다 싶었다.

그렇게 생각하지 않고서야 도통 나는 그의 생각이 이해가 되질 않았다. 유부녀와 함께 떠난 밀월 여행에서 그림 〈성모 마리아의 결혼식〉을 보고 영감을 받아 곡을 만드는 리스트.

자신이 지금 하고 있는 사랑은 불륜이면서 성스러운 결혼으로부터 음악적 아이디어를 얻는 리스트를 나는 어떻게 받아들여야 하는 건가. 그의 마음속에 종교에 대한 존중과 경외심이 자리 잡고 있다는 추측 외에는 다른 생각이 떠오르지 않았다.

이 곡은 고요하지만 힘이 있었다. 화려하지만 가볍지 않았다. 듣고 있노라면 마음이 차분해지면서 굉장히 성스러워졌다. 경건한 분위기 속의 결혼식이었다.

오늘이 결혼식 날임을 알려주는 종소리는 요란하지도 소심하지도 않았다. 결혼식 당일 아침이라 들뜰 법도 하건만 다들 차분하게 준비 중이다. 다시 등장한 종소리는 곧 예식이 시작됨을 알렸으며, 우리도 옷매무새를 단정히 했다.

성가로 시작된 결혼식은 참으로 성스럽고, 수줍어하는 신랑과 신부의 얼굴에는 사랑이 넘쳤다. 그들은 다른 사람들이 알지 못하는 그들만의 언어로 결혼식 중간중간에 사랑을 속삭이기도 했다.

하느님이 내려주신 두 사람.

검은 머리가 파뿌리가 될 때까지 서로만을 바라보며 행복하게 살겠노라 맹세하는 두 사람.

우리는 격하게 그들의 하나됨을 축하했고 그들이 맹세한 사랑의 서약 뒤에 이어진 파티는 참으로 성대했다.

우리 모두 두 사람의 결혼을 축복하며 파티를 즐겼다.

폭죽이 하늘에 수를 놓으며 결혼식은 절정에 이르렀고 막바지에 다다랐다. 마지막으로 우리 모두 그와 그녀가 백년해로하기를 기도드리면서 결혼식은 막을 내렸다.

이 음악에 등장하는 결혼은 굉장히 신앙적이다. 곡을 들으면서 내 머릿속은 온통 성당의 혼배미사에 대한 생각들로 가득했다. 사실 라파엘의 그림에 영감을 얻어 만든 곡이라는 생각 때문이었지도 모르겠지만 음악 중간에 등장하는 성가는 내가 그런 생각을 하게 하기에 꽤 충분한 재료였다. 경건하고 차분한 성가는 밝고 즐거운 결혼식보다 종교적인 색채를 강조했다. 하지만 중간중간 등장하는 물결 같은 부드러운 소리는 자칫 신앙적이기만 할 뻔한 예식을 우아하게 만들었다.

또한 라파엘이 그림에 사용한 원근감처럼 음악 역시 시작은 잔잔하나 점차 뒤로 갈수록 소리는 커졌고 스케일은 화려해졌다. 그림을 음악적으로 표현한 리스트에게 난 박수를 보낸다. 또한 그는 라파엘이 그림에 사용한 테크닉을 이 음악의 화성과 구조로 완벽히 재현해 냈다.

이태리 밀라노는 패션으로 유명한 곳이지만, 나에게 밀라노는 리스트가 음악적으로 큰 영감을 받은 미술 작품이 있는 도시다. 혹시 밀라노로 여행을 갈 일이 생긴다면, 패션에 집중하는 것도 좋지만 브레라 미술관에 가서 이 음악과 함께 그림을 감상해보는 것도 꽤 괜찮은 여행 코스가 되지 않을까 싶다.

이 곡 외에도 그는 이태리 여행을 통해 많은 예술과 문학작품으로부터 영향을 받아 곡을 만들었다. 그에게 영감을 준 예술과 문학 작품들은 그의 음악 속에 살아 숨 쉬고 있으며, 그의 음악을 듣고 있노라면 그 당시 이태리 예술을 경험하는 듯하다(미켈란젤로의 조각상, 살바토르 로사의 그림, 단테의 신곡 등이 그의 음악에 고스란히 드러난다).

 여러분의 클래식 클라스를 위해

젊은 나이에 세상을 떠난 그를 추모하며

모데스트 무소르그스키 '전람회의 그림'
Modest Mussorgsky "Pictures at an Exhibition"
빅터 하르트만 '전시회로부터의 그림들'
Viktor Hartmann "Pictures from an Exhibition"

그림이야기

건축가이자 화가, 러시아의 영향력 있는 예술가로 알려진 빅터 하르트만은 39세의 젊은 나이에 동맥류 파열로 세상을 떠났다. 그의 갑작스러운 죽음에 러시아 예술계는 큰 별을 잃었다며 크게 애도했다. 그와 가까운 사이였던 스타소프는 그를 기리고자 고인이 생전에 그려 놓은 작품들로 전시회를 개최했다.

이 전시회에 선보인 작품은 400점 이상이였으며, 수채화, 데생, 유화 작품뿐 아니라 건축 설계 스케치, 무대 의상 디자인에 이르기까지 다양했다. 특히 그림은 부인과 함께 프랑스, 이태리, 독일 등 유럽 곳곳을 여행하며 영감을 받은 작품이 대부분이었다.

무소르그스키는 하르트만의 유작 중 인상적이었던 10점을 모티브로 곡을 만들었다.

1. 〈난쟁이〉는 땅 밑바닥의 보물을 지키는 신 그노무스 모양의 호두까기 인형을 표현한 그림이다.

2. 〈옛 성〉은 덩쿨로 뒤덮인 중세 이탈리아 고성 앞에서 노래 부르는 음유 시인을 표현한 그림이다.

3. 〈튈르리 궁〉은 파리의 튈르리 궁의 정원에서 티격태격 하며 노는 아이들과 보모의 모습을 그린 그림이다.

4. 〈우 차〉는 폴란드 농민들이 사용하는 큰 수레 바퀴가 달린 소달구지 비들로를 두 마리의 소가 끌고 있는 그림이다.

5. 〈달걀 껍질 속의 병아리〉의 춤은 하르트만이 담당했던 발레 '트리비'의 의상을 스케치해 놓은 그림이다.

무소르그스키가 영감을 받은 빅터 하르트만의 유작품

6. 〈사무엘 골덴베르크와 쉬밀레〉는 폴란드의 대표적인 두 유대인의 모습을 묘사한 그림이다. 부유하고 오만한 골덴베르크와 가난하고 비굴한 쉬밀레가 대조적이다.

7. 〈리모주의 시장〉은 프랑스의 작은 시골 도시 리모주의 떠들썩한 시장에서 물건을 사는 여자들이 흥분해 말다툼하는 모습을 연필 스케치로 그려낸 그림이다.

8. 〈카타콤베〉는 파리에 있는, 로마시대 초기 기독교인의 묘지인 카타콤베를 하르트만과 그의 친구 케넬이 안내인과 함께 둘러보는 모습을 표현한 그림이다.

9. 〈바바야가의 오두막집〉은 하르트만이 연필로 스케치한 오두막집 모양의 시계 그림이다. 여기서 오두막집은 러시아 전설 속에 자주 등장하는 마귀할멈 바바야가가 사는 집이다.

10. 〈키에프의 대 성문〉은 하르트만이 러시아의 키예프(현, 우크라이나의 수도)시로부터 의뢰를 받은, 고대 러시아풍의 둥근 지붕을 얹은 누각의 대문 설계도다.

스타소프의 소개로 알게된 빅터 하르트만은 요즘 보기 드문 천재 예술가였다.

그의 재능은 가히 놀라울 정도였다. 화가로서의 활동뿐 아니라 발레 의상 디자인과 무대 제작까지 그의 영향력을 대단했으며, 건축가로도 활발하게 활동했다.

그와 내가 알고 지낸 시간은 겨우 4년 남짓이지만 우리는 서로 말이 잘 통하는 사이였다. 우리는 러시아의 문화와 서로의 예술관에 대해 이야기 나누면서 급속도로 친해졌다.

나는 아무래도 음악을 독학으로 공부한 탓인지 사람들로부터 색깔은 분명하지만 거칠고 야생적이라는 평가를 자주 받았다. 나에 대한 엇갈리는 평가 속에서도 하르트만은 내 편이었다.

하르트만과 함께하면서 나는 많은 영감을 얻었고, 음악은 점점 성숙해져 갔다. 그래서 그의 갑작스러운 죽음은 나에게 큰 상심이자 충격이었다. 사실 나뿐 아니라 대부분의 예술가들이 그의 죽음을 가슴 아파 했다.

갑작스럽게 세상을 떠난 그를 우리는 그냥 보낼 수 없었다.

스타소프는 그가 생전에 남겨 놓은 작품과 그가 판매한

작품 모두를 모아 그의 죽음을 추모하는 유작 전시회를 열었다. 그의 작품을 소장하고 있던 사람들이 스타소프의 의견에 동의하면서 이는 가능해졌다.

하르트만의 유작 전시회를 보러가는 나의 마음속에는 여러 가지 감정이 얽혀 있었다.

그의 대단한 예술성이 담긴 작품을 감상하는 건 정말 기쁜 일이었지만, 그의 작품을 보고 있노라면 그가 세상을 떠난 게 확연히 와닿을 것만 같아 마음 한구석이 무거웠다.

작품들에는 그의 예술관, 그가 살아온 발자취가 가득했다.

나는 작품들을 보며 그의 숨결을 느꼈고, 그와의 추억을 떠올렸으며, 그와 함께한 대화를 기억해 냈다.

이 시간이 그의 예술과 함께하는 마지막 순간이라는 사실이 나는 너무나 아쉬웠다. 그의 작품과 마주하는 시간이 길어질수록 이들을 음악으로 남기고 싶은 나의 마음도 점점 커져갔다. 그의 죽음을 추모하는 게 아니라 업적을 기리고 싶었다. 음악으로 남긴다면 그를 기억하고 그의 예술성을 알아주는 사람이 더 많아질 게 분명했기 때문이다.

나와 예술적인 교감을 나누던 친구에게 내가 해줄 수 있는 일이었다.

나는 그의 유작 전시회에 놓여 있는 400여 점의 작품 중

열 점을 골랐다. 그를 가장 잘 표현한 작품들이었고, 나를 비롯해 많은 사람이 그를 기억하기에 가장 좋은 작품들이었다.

나는 그림에 색깔을 입히기 시작했다. 그의 그림에 생기를 불어 넣었고, 이야기를 만들어 냈다. 그의 감정을 헤아리면서, 숨어 있던 의식을 흔들어 깨웠다. 음악을 만드는 동안 나 또한 그와 함께 여행했고 교감했다.

이 곡을 통해 우리는 이제 하르트만을 귀로도 기억할 수 있게 되었다. 비록 일찍 세상을 떠났지만 그의 예술만큼은 오래오래 사랑받았으면 하는 바람을 가져본다.

나의 시선

나는 미술관에 가는 걸 좋아한다.

그림마다 제목과 설명이 있어 그림을 이해하는 데 큰 도움을 주지만 가끔은 그런 친절함이 그림 감상을 방해할 때가 있다. 그림을 나만의 감성과 스토리로 이해하면서 그림과 가까워졌다는 느낌이 들 때, 나는 비로소 그림을 완전히 이해한 듯하다. 때로는 내 마음대로 상상하면서 그림속의 주인공이 되는 희열을 느끼는 순간도 꽤 많다. 그래서 나만의 보물 창고와 같은 미술관을 가는 게 나는 참 즐겁다.

처음「전람회의 그림」을 들었을 때 음악에 대한 느낌은 당당하고 거칠다는 것이었다. 그 안에서 다양한 주제가 자신의 색깔을 펼쳐보이는 게 신선했다. 부드럽고 섬세한 음악에 길들여진 나에게 날것 같은 이 음악은 좀 낯설었지만 음악 안에 있는 톡톡 튀는 캐릭터는 굉장히 매력적이었다.

이 곡의 주인공인 하르트만의 그림을 떠올리며 음악을 듣자 여기가 바로 미술관이었다.

당당하게 미술관으로 들어간 나는 오늘 어떤 작품을 볼지 굉장히 기대에 차 있다.

첫 번째 작품은 좀 독특해 보인다. 뭔가 불완전해 보였고 나의 정신을 혼란스럽게 만들었다. 그림을 보고 있자니 내가 그림 속으로 빨려들어가는 듯했다. 무서웠다. 하지만 악마는 속삭였다, 괜찮다고. 난 결국 꼬임에 넘어가 악마와 손을 잡았다. 처음의 두려움이 사라진 나는 한 걸음 한 걸음 나아갔고, 점점 대범해져 갔다. 도리어 악마는 줄행랑치기 시작했다. 나만 그 자리에 남겨둔 채……

나는 허무함에 옆에 있는 그림으로 자리를 옮겼다. 새로

만난 그림은 전에 일어난 일을 아는 듯 나를 위로했다. 그의 노랫 소리는 나의 마음을 평화롭게 만들어 주었고, 덕분에 안정을 찾아갔다.

나는 차분한 마음을 갖고 다른 그림을 향해 발을 옮겼다. 밝은 에너지를 가진 귀여운 두 아이는 함께 공원에서 신나는 시간을 보내고 있었다. 서로 속삭이기도 하고 티격태격거리는 그들의 모습에 나 또한 미소가 지어졌다.

해 질 녘 소가 밭일을 마치고 무거운 짐을 실고 천천히 걸어가고 있다. 그의 걸음걸이에는 하루의 피로와 고단함이 묻어 있었고 그걸 바라보는 나는 현실을 살아가는 우리의 모습을 보는 것 같아 씁쓸했다.

이번에는 병아리들이 나를 반겨 주었다. 그들은 서로 삐약삐약거리면서 마당을 뛰놀고 있었다. 무엇이 그렇게 신나는지 춤을 추면서 날아다니기까지 하는 그들을 보고 있자니 나도 춤이 추고 싶었다.

다른 그림에서는 무서운 할아버지가 나를 뚫어지게 쳐다보고 있다. 그는 자기가 얼마나 대단한 사람인지 근엄하고 진지하게 이야기를 시작한다. 할아버지의 말이 끝나자 옆의 할아버지가 굉장히 떨리는 목소리로 자기 이야기를 조심스레 꺼낸다. 갑자기 근엄한 할아버지가 끼어들어 할아버지의 말을 막아선다. 옆의 할아버지는 근엄한 할아버지의 기에 눌려 입을 다물고 말았다.

5일장이 섰다. 할머니와 어머님들이 물건을 사느라 정신이 없다. 그녀들은 상점 주인과 가격 흥정이 한창이다. 닭들은 정신없이 날아다니고 아이들은 가게 사이로 뛰어다녀 난리도 아니다. 시장 한편에서는 남자들의 놀이판이 펼쳐지고 맛있는 음식 냄새에 식당은 문전성시를 이룬다.

갑자기 난 어둠 속에 갇혔다. 여기는 어디인가. 무서웠다. 누군가 따라오는 듯했고, 어디선가 소리가 들리는 듯했다. 난 마음을 차분히 먹고 빛을 찾아 조용히 한 걸음 한 걸음 나아갔다.

어둠을 헤치고 밖에 나오자 작은 병정들이 열심히 행진 중이다. 행진하는 병정의 수는 점점 늘어나고 온 세상이 행진하는 병정뿐이다. 그들은 질서정연함과 혼란을 반복하며 앞으로 나아갔다.

드디어 나는 목적지에 도착했다. 무사히 도착한 나를 격하게 환영해주는 사람들을 보며 안도의 한숨을 내쉬었다. 그들은 나를 위해 성대한 파티를 열어 주었고, 우리는 다같이 신나게 즐겼다.

감상자의 상상에 맡긴 미술관 투어는 이랬다.

그림이 가진 본래의 모습보다 내 느낌대로 만든 이야기라 그런지 더욱 신나는 감상이었다.

미술관에 가 보면 그림 옆에 적혀 있는 제목과 내용 그리고 헤드폰에서 흘러나오는 가이드를 답으로 여기는 사람이 꽤 많다. 물론 정확히 작가의 의도를 파악하는 데는 아주 적절한 행동이다. 하지만 가끔은 아무것도 모른 채 그림에서 품어져 나오는 기운과 느낌으로 감상해 보는 것도 꽤 괜찮은 일이라 생각한다. 그림과 교감하며 마음대로 이야기를 만들어 낸 작품이 그 어떤 작품보다 당신의 마음속에 오랫동안 남아 있을 것이기 때문이다.

미술관이 가고 싶은데 시간이 없는 당신이라면, 눈을 감고 「전람회의 그림」을 들어보세요. 미술관이 눈앞에 쫙 펼쳐질 거예요. 이제 당신은 걸어다니면서 그림을 즐기기만 하시면 돼요.

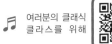

♫ 여러분의 클래식
클라스를 위해

사랑만이 존재하는 그곳으로 오세요

클로드 드뷔시 '기쁨의 섬'
Claude Debussy "L'isle Joyeuse"
앙투안 와트르 '키테라 섬으로의 순례'
Antoine Watteau "L'embarquement pour Cythère"

그림 이야기

키테라 섬은 펠로폰네소스 남쪽에 위치한 상상 속의 섬이다. 그리스 신화에 나오는 비너스의 신전이 모셔진 사랑의 성지이기도 하다. 또한 이 섬은 비너스가 바다의 물거품에서 태어나 조개 껍질을 타고 떠돌아 다닐 때 바다 아래에서 솟아올라 비너스를 맞이했다고 알려진 섬이다.

와트르는 사랑의 섬을 순례하는 젊고 기품 있는 남녀의 사랑 이야기를 주제로 그림을 그렸다.
무성한 나무가 있는 물가를 배경으로 많은 연인들이 사랑을 속삭이고 있다. 특히 화면 중심에 놓인 연인은 다른 커플에 비해 확실히 표현되어 있다(이들이 주인공인가보다).

남자는 등을 돌린 채 여자를 끌어당기고 있으며 그의 팔은 그녀의 허리를 감싸 안고 있다. 여자는 그리움이 가득한 눈빛으로 남자의 시선을 외면한 채 뒤를 돌아보고 있다. 이 커플 옆에 다른 두 연인은 각자 사랑을 속삭이며 행복한 시간을 보내고 있다. 다양한 연인들과 오른편 화환으로 장식됐지만 팔이 부러진 채 그늘에 서 있는 비너스 조각상 그리고 큐피트들은 이 섬이 오직 사랑만이 존재하는 곳임을 알려주는 오브제 역할을 하고 있다.

하지만 이 그림을 보면 연인들이 사랑을 나눈 후 섬을 떠나는 순간인지, 아니면 이제 막 사랑을 속삭이려고 섬에 들어온 순간인지 알 수 있는 단서는 없다. 그래서 이 그림 속의 이런 상황은 아직까지도 큰 논쟁거리 중 하나로 남아 있다. (개인적으로, 중앙에 위치한 여성의 뒤돌아 보는 자세와 시선을 보아서는 섬을 떠나는 순간이라 생각된다.)

그림은 표면에 보여지는 화려함 속에 숨은 쾌락의 허무함을 상징적으로 보여주고 있으며, 진지하기보다는 한 여름밤의 꿈처럼 한순간 모든 게 물거품처럼 사라지는 가벼운 느낌을 표현하고 있다.

와트르 '키테라 섬으로의 순례'

사랑과 쾌락을 주제로 허무와 현실세계의 경계를 넘나드는 그림을 주로 그렸던 와토는 살아생전에 여성을 사귀어본 적이 없는 모태솔로 화가다. 사랑의 유희를 제대로 경험해보지 못해서인지 그가 표현하는 사랑은 굉장히 냉소적이다. 그는 프랑스 귀족과 부유층을 대상으로 사치스러운 놀이와 사랑을 주제로 하는 그림을 주로 그리며 그들과 함께 어울렸지만 불행하게 살았다. 또한 건강하지 못해 37세의 어린 나이에 세상을 떠났으나 그의 화풍은 로코코 양식에 큰 영향을 미치며 유럽 전역에 퍼졌다.

이 작품은 와토의 그림 가운데 제작 경위부터 내력까지 명백하게 알려진 유일한 작품이다.

드뷔시의 시선

나는 연애지상주의자다. 나에게는 항상 사랑하는 누군가가 있었다. 바람둥이라 생각할지 모르겠지만 나는 내 감정에 충실해서 그녀들을 만났다.

사랑이라는 건 하늘이 우리에게 주신 선물이라 생각했다.

엠마를 처음 본 건 내가 가르치는 학생의 집에서였다.

그녀는 은행가인 남자의 아내였고, 내 학생의 엄마였다.

패션 모델인 내 와이프와는 달리 성악가였던 엠마는 음악적인 면에서 나와 말이 잘 통했다.

보면 볼수록 그녀의 세련된 매너와 교양, 지적인 아름다움은 나를 매료시켰다. 그녀는 지금까지 내가 그토록 찾아 헤매던 이상형이었다. (이상형을 만났는데 어찌 내가 가만히 있을수가 있겠는가.)

내가 엠마에게 빠져들수록 엠마도 나에게 빠져들었다.

둘다 가정이 있는 몸으로 우리의 사랑은 사회에서 인정받을 수 없었다. 하지만 우리는 그만둘 수 없었다. 그러기에는 서로 너무 사랑했다.

우리는 더 많은 자유를 찾고자 저지섬으로 휴가를 떠났다.

사람들의 눈에서 해방된 우리는 서로에게 집중했다. 사랑하는 그녀와 함께하는 이 순간, 나는 더 이상 바랄 게 없었다. 엠마와 함께하는 이 시간이 정말 행복하고 즐거웠다. 그저 사랑과 기쁨만이 존재했다

그 순간 문득 떠오르는 그림이 있었다. 루브르 박물관에서 본 와트의 〈키테라 섬으로부터 순례〉다.

사랑을 위해 키테라 섬으로 떠나는 그들이 바로 우리였다. 저지 섬이 우리에게 키테라 섬이었던 것이다. 나는 과거에 그림을 보고 만들어 놓은 곡을 다시 꺼내들었다. 지금 엠마와 함께하는 이 벅차오르는 감정을 음악에 녹아내고 싶었다.

현실이란 걸 알지만
그녀와 함께 지내는 시간이 꿈만 같은 이 순간,
잠을 자고 일어나면 사라질 것만 같은 이 행복,
고통과 아픔 없이 웃음과 사랑만 가득한 지금.

나는 곡을 수정하기 시작했다. 와트가 말하고자 한 사랑 이야기와 그리스 신화의 비너스 그리고 지금 나의 감정까지 음악 안에 전부 넣었다. 음악은 아주 풍성하고 화려했다. 우리의 사랑은 꿈결처럼 표현되었고, 처음부터 끝까지 쉼없이 이어지는 음악은 그녀를 향한 나의 본능이었다.

이렇게 강한 사랑의 감정은 태어나서 처음 느껴보는 것이었다. 엠마가 아니었다면 나에게 절대 일어나지 않았을 일이었다.

사실이야기

결국 드뷔시는 부인과 이혼하고, 엠마도 남편과 이혼하고, 둘은 재혼했다. 연애지상주의자였던 드뷔시는 엠마와의 재혼 후 더 이상 여자 문제를 만들지 않았다(드뷔시와 엠마는 인연이었나 보다).

나의 시선

나는 보통 드뷔시 음악을 모네의 그림 같다고 표현한다.

무언가 베일에 쌓여 있는 듯 몽롱하면서도 꿈결같은 음악이라는 뜻이다. 이 곡은 현실인지 꿈인지 분간이 안 될 정도로 몰아치는 감정을 담았다. 보통 음악을 들어보면 굴곡이라는 게 있는데, 이 곡은 계속 기쁨의 순간만 등장한다.

좀 이상할 게 들릴 수도 있겠지만 사랑하는 남녀가 무인도에서 본능에 충실한 사랑만 했구나 하는 생각이 들 정도였다. 내가 들어본 음악 중에서는 관능과 쾌락이 공존하는 유일한 음악이다.

당신과 여행 온 나는 사랑의 기분에 취해 있다. 꿈을 꾸는 듯하다. 아무리 깨어나려 노력해도 내 마음과 몸은 여전히 몽롱하다.

나는 너와 해변가로 나가 둘만의 시간을 보낸다. 뛰어놀기도 하고 사랑을 속삭이기도 하고…….

주변을 둘러보니 우리뿐이구나.

더 이상 눈치 따위 보지 않아도 되는 지금, 우리는 다시 오지 않을 순간을 제대로 느끼고 있다. 애정과 행복만이 우리를 감싸고, 사랑만이 우리 옆에 존재할 뿐이다.

해가 지고 별들이 하늘 전체를 수놓을 때쯤 우리는 음악에 맞춰 몸을 흔들었다.

서로의 눈을 마주보며 우리는 사랑을 나누었다.

찰랑거리는 파도 소리는 우리 사랑의 증인이 되어 주었다.

뜨거운 열정으로 가득 찬 우리의 사랑은 시간이 지날수록 점점 불타오른다.

우리의 사랑은 무지개 빛처럼 반짝거렸고,

꿈결처럼 아름다웠다.

서로 바라보고 있어도 보고 싶은 너와 나.

너를 향한 내 심장은 터질 것만 같았다.

넌 그렇게 나의 전부가 되었다.

나는 사랑하는 그대와 이렇게 '기쁨의 섬'에 다녀왔다.

세상에 정말 '기쁨의 섬'이 존재한다면 꼭 한번 가보고 싶다. 순수한 마음만으로 상대방에게 집중하며 사랑한다는 건 현실에서 불가능하다. 다들 순수한 마음으로 사랑하고 싶어 한다. 하지만 사회가 우리를 그렇게 내버려두지 않는다.

어릴 때는 아무것도 몰랐다.

사랑하는 마음만 있으면 다른 건 다 되는 줄 알았다.

어른이 되었을 때 알았다.

세상이 그렇게 만만하지 않다는 걸.

하지만 나는 안다.

우리들 마음속에 어릴 때의 순수함이 존재한다는 걸.

그 순수함을 항상 동경하고 있다는 것도.

그래서 나는 사랑만 존재하는 「기쁨의 섬」에 꼭 가보고 싶다.

 여러분의 클래식 클라스를 위해

곧 잠잠해질 거에요,
그게 자연의 섭리이니까요

클로드 드뷔시 '라 메르 - 바다'
Debussy "La Mer"
가쓰시카 호쿠사이 '카나가와 앞바다의 파도'
Katsushika Hokusai "The Great Wave off Kanagawa"

그림 이야기

〈카나가와 앞바다의 파도〉는 일본 에도 시대에 활동한 우키요에 화가로 알려진 가츠시카 호쿠사이(1760~1849)의 목판화다. 70세가 넘어 만든 이 작품은 그의 연작 〈후지산 36경〉의 첫 작품이자 그의 대표작이다. 일본에서 가장 높은 산으로 예로부터 신성시되어 온 후지산의 다양한 모습을 담은 〈후지산 36경〉은 일본 전통의 우키요에 기법과 서양의 풍경 판화 기법을 접목해 그림을 완성한 최초의 작품이기도 하다.

가쓰시카 호쿠사이 '카나가와의 앞바다의 파도'

그림에서 가장 눈에 띄는 건 넘실거리는 거센 파도다. 풍랑과 파도에 갇힌 세 척의 배는 위태로워 보인다.

파도는 당장이라도 배를 삼킬 기세다. 거대한 파도에 갇힌 선원이 거센 파도와 맞서 빠져나갈 확률은 없어 보인다. 선원들은 난폭한 바다의 신을 향해 그저 머리를 숙인다. 눈 덮인 후지산은 저 멀리서 인간의 사투를 그저 바라볼 뿐이다. 자연의 위대함 앞에 인간은 이렇게 무기력하게 무너지고 만다.

이 작품은 서양의 원근법을 도입해 크게 요동치는 파도와 안정된 삼각형 모양의 후지산을 입체적으로 표현했다. 또한 파도의 입체감과 깊이감을 역동적으로 표현함으로써 드라마틱한 풍경을 묘사했다. 또 일본 판화 최초로 서양의 안료 '베를린블루'를 사용해서 일본 미술계에 혁신을 일으켰다.

이 작품은 일본에서 선풍적인 인기를 끌었으며, 동양 문화에 큰 관심이 있던 유럽의 예술가에게도 사랑을 받았다. 반 고흐, 모네, 클림트 등이 〈후지산 36경〉에 속한 판화를 소장했으며, 특히 이 작품은 모네의 그림, 릴케의 시, 드뷔시의 교향시 등 다양한 예술 장르에 영감을 주었다.

가쓰시카 호쿠사이는 미국 잡지 〈라이프〉에서 '지난 1000년 동안 가장 중요한 공적을 남긴 세계의 100인'에 선정되었다.

우키요에
에도 시대 초기부터 메이지 시대 초기까지 약 200년 동안 에도
에서 유행했던 민간 풍속화

드뷔시의 시선

난 어렸을 때 집안 사정으로 칸에 있는 고모 집에서 자랐다. 눈부신 태양 아래 넓게 펼쳐진 바다와 넘실대는 파도는 나의 가장 친한 친구였다.

그때부터였던 것 같다. 난 바다가 참 좋았다.

나는 오래 전부터 생각해 왔다. 기회가 된다면 내가 그토록 좋아하는 바다를 주제로 음악을 만들고 싶다고.

파리에서는 프랑스혁명 100주년을 기념해 에펠탑이 세워지고 만국박람회가 열렸다. 만국박람회에는 처음 보는 새로운 것들이 참 많았다. 특히 동양에서 온 음악과 미술은 호기심 많은 나에게 깊은 인상을 주었다.

바다에 남다른 애착을 가지고 있던 나는 호쿠사이의 목판화 〈카나가와 앞바다의 파도〉를 보는 순간, 감탄이 터져 나왔다. 그림에서 보이는 건 우뚝 솟아오른 파도, 파도에 먹힐 듯한 배 세 척, 배 안에 엎드려 기도를 드리는 선원들, 멀리 보이는 눈 덮인 후지산이 전부였다. 하지만 나에게는 겉으로 보이는 모습이 아닌 그들의 이야기와 심정이 보였다.

기회가 생긴다면, 이 그림을 모티브로 음악을 만들고 싶었다.

나는 와이프 릴리와 함께 그녀의 부모님이 계시는 비쌍(프랑스 산악지방의 작은 도시)으로 여름 휴가를 떠났다. 번잡한 파리에 비하면 이곳은 꽤 작았지만 휴양하기에는 더할 나위 없이 좋은 곳이었다. 비쌍은 산기슭에 위치한 도시지만 어릴 때 지냈던 칸의 풍경과 꽤 비슷한 구석이 있었다. 그래서인지 어린 시절 칸의 추억이 새록새록 떠올랐다. 강렬한 태양과 바다, 그리고 파도가 나를 반기던 그곳 말이다.

칸에 대한 추억에 젖어 바다를 떠올리면서 나는 동시에 만국박람회에서 보았던 호쿠사이의 그림도 떠올렸다.

칸의 풍경과 닮은 비쌍에서의 시간이 길어질수록 칸이 그리웠고, 바다가 그리웠다.

지금이었다. 어렸을 때부터 바다에 대한 곡을 쓰고 싶어

하던 내가 호쿠사이의 그림을 떠올리며 곡을 만드는 순간 말이다. 그렇게 「라 메르」는 시작되었다.

와이프를 사랑하지만 내 가슴에 들어온 한 여자가 있었다.

'엠마'를 향한 내 마음은 쉽게 사그라들지 않았다.

휴가에서 돌아온 나는 '엠마'와 가까워졌다.

아내 릴리와는 점점 멀어져 갔다.

엠마와 깊은 사랑에 빠진 나는 눈에 보이는 게 없었다.

나는 결국 엠마와 살림을 차렸고, 아내는 권총으로 자신을 겨눴다. 다행히 그녀는 죽지 않았지만 나는 주변으로부터의 비난에서 자유로울 수 없었다.

이런 나의 파란만장한 삶 속에서도 「라 메르」는 점점 완성되어 갔다.

내가 동경하고 좋아하던 바다를 떠올리며 작곡을 시작했지만 점점 요동치는 나의 마음을 나타내는 음악이 되어 가고 있었다. 마치 예견이라 한 듯 호쿠사이의 그림이 지금 나의 마음이었다.

거대한 풍랑 속에 내던져진 선원이나 주변의 수군거림 속에 내동댕이쳐진 내 마음이나 별 다를 바가 없었다.

물론 릴리와 이별을 결정한 건 내 선택이었지만 그렇다고 내 마음이 그리 편한 것만은 아니었다.

우여곡절 끝에 나는「라 메르」를 완성했다.

처음 곡을 구상해서 사람들 앞에 선 보이기까지의 2년은 내 인생에서도 큰 풍파를 견딘 시간이기도 했다.

나의 시선

드뷔시의 음악을 들을 때면 나는 자연스레 눈을 감는다.

내 귓가에 들려오는 그의 음악은 나를 자연 속으로 안내했다. 그가 나에게 알려주는 부분도 있지만 대부분은 내 스스로 자연을 혼자 느꼈다. 나무가 속삭였고, 바람에 날리는 나뭇잎이 나에게 말을 걸었으며 태양에 비친 호숫가의 물은 반짝반짝 빛났다. 시간에 따라 달라지는 풍경을 통해 나는 인위적이지 않은 자연스러움을 다시 한번 배웠다. 인간이 위대하다고 한들 자연보다 위대하겠는가.

나에게 항상 자연의 대단함을 알려주던 드뷔시가 동양문화에 관심 있다는 걸 알게 된 계기는 그의 피아노 곡 '판화'였다. 만국박람회에서 접한 아시아의 음악과 그림은 드뷔시의 호기심을 충분히 자극할 만한 요소들이었다. 지금까지 단 한 번도 접해본 적 없는 예술 스타일이기에 음악가로서 음악을 만드는 새로운 재료가 생긴 것이다. 만국박람회 이후 본격적으로 동양 문화를 연구하기 시작한 그는 음악 안에서 자신만의 아시아를 만들기 시작했다. 그의 아시아는 베일에 싸인 신비로운 세상이었다.

바다에 대한 좋은 추억이 있는 그였기에 일본 화가 호쿠사이의 그림은 다른 동양 작품보다 더 강력하게 뇌리에 박혔다. 그림에서 받은 영감과 그의 상상력이 더해져 만들어진 「라 메르」는 이 그림을 그대로 음악으로 옮겨놓은 것이다. 그의 노력 덕분에 나는 호쿠사이의 〈카나가와의 앞바다의 파도〉를 눈이 아닌 귀로도 즐길 수 있게 되었다.

조용한 새벽에 점점 해가 떠오른다.
수평선과 함께 어두웠던 바다도 점차 밝아진다.
햇살에 비친 바다는 물결을 따라
색깔이 시시때때로 변한다.
밝아진 태양 아래 바닷속의 식물과 동물들도
정신없이 하루를 준비한다.
태양은 점점 하늘로 올라가 온 바다를 비춘다.
빛으로 반짝거리는 바닷물은 찬란하게 아름답다.
파도는 넘실대기 시작한다. 작은 파도 큰 파도 할 것 없이 조화를 이루면서 서로 투닥거린다. 파도들은 새로 만들어 내기도 하고 사라지기도 하면서 적극적이고 역동적인 목소리를 낸다. 살랑이는 물결이 바다 전체를 뒤덮으면서 자유롭게 움직인다. 거칠지만 아주 신비롭다.

바람이 불어오면서 바다는 점점 거세진다. 바람은 비를 몰고 왔다. 평온하고 행복했던 바다가 점점 위험해진다. 물결은 거세지고 파도는 요동친다. 바닷속 물고기도 이리저리 정신없이 돌아다닌다. 해는 사라진 채 어두움만이 바다를 지배한다. 시간이 지날수록 비와 바람은 강해진다. 우리를 덮치고 난 후 비와 바람은 한 발짝 물러선다. 하지만 여전히 어둡다. 멀리 빛이 보인다. 파도는 한 줄기의 빛을 따라 다시금 움직인다. 생성과 소멸을 반복하면서 파도는 점점 빛을 향해 나아간다. 그 빛이 다시 우리를 환하게 비추길 바라면서…….어두움은 바다를 쉽게 떠나지 않는다. 인내를 갖고 기다린 바다는 결국 어둠을 몰아내고 환한 빛을 맞이한다.

사실 그는 영국으로 여행 갈 때 딱 한 번 바다를 건너 보았다. 물론 그림에서 영감을 받아 음악을 만들었지만 그림을 대변하는 음악을 만든 건 아니다. 그래서 그는 음악에 그의 생각을 집어넣었다. 그가 생각하는 바다는 우리가 쉽게 떠올리는 시원한 여름 바다가 아니다. 바다는 자연이었고, 자연에게 인간은 아무것도 아니었다. 거만함으로 자연의 섭리를 거스르며 사는 인간은 그저 나약한 존재였다.

짙은 어둠 속에서 새벽의 해가 떠올라 정신없는 시간을 보내고 다시금 어둠 속으로 들어가는 바다. 어둠이 끝난 뒤 밝게 떠오르는 태양을 맞이하는 바다를 보며 그는 자연스럽고도 욕심내지 않는 자연의 태도에 자기 자신을 비춰 보았다. 또한 어둠이 가면 밝은 해가 떠오르는 모습에 그는 희망을 보았다.

당시 그는 엠마와의 만남, 전처 릴리의 자살 소동과 이혼, 엠마와의 재혼 등 사적으로 힘든 시간을 겪고 있었다. 그는 말하지 않았지만 혼란스러운 상황이 끝나고 행복과 평온이 있는 자신의 삶을 기대했는지도 모른다. 그래서 그는 그의 마음을 음악에 고스란히 넣어 곡을 완성했다.

누구나 그렇듯 내 인생도 그랬다.

힘든 시간이 오면 행복한 시간이 오고, 행복한 시간이 오면 꼭 힘든 시간이 왔다. 그래서인지 힘든 터널을 지나갈 때면 좌절에 괴로워하기도 하지만 이 시간이 지나가면 좋은 미래가 올 것이라는 희망으로 살았다.

드뷔시가 이 곡에서 보여준 자연의 섭리는 인생의 굴곡과 같다. 분명 어둠이 있으면 밝음이 있는 법이다.

힘든 시간을 겪고 있는 당신이라면 분명 곧 행복한 날이 올 거라 믿는다.

「라 메르」를 들으며 우리 모두 용기를 내면 좋겠다.

 여러분의 클래식
클라스를 위해

나는 거기에서 불안한 내면을 보았다

세르게이 라흐마니노프 '죽음의 섬'
Sergei Rachmaninoff "Isle of the Dead, tone poem for orchestra"
아널드 뵈클린 '죽음의 섬'
Arnold Bocklin "Isle of the Dead"

그림 이야기

스위스 출신 아널드 뵈클린이 그린 그림으로서 총 다섯 개의 버전이 있다.

피렌체에 있는 아르놀트 뵈클린의 작업실에 젊은 여인 '마리 베르나'가 찾아왔다. 이제 막 약혼한 그녀는 14년 전 죽은 자신의 첫 남편을 마지막으로 추모하는 그림을 부탁했다.

그녀는 작업실을 둘러보다 그의 이젤에 놓여 있는 아직 작업 중인 그림을 보았다.

죽음의 섬이었다.

아널드 뵈클린 '죽음의 섬: 첫 번째 버전', 1880

그녀가 발견한 그림은 뵈클린이 자신의 죽은 딸 마리아를 애도하고자 그리고 있는 그림이었다.

마리는 자신의 전 남편을 기리는 그림으로 그 그림을 원했다. 흰옷을 입은 여인과 관을 그려달라는 요구와 함께. 그는 여인이 마지막으로 죽은 남편을 잘 보내줄 수 있게 최선을 다해 그림을 그렸다.

적갈색 암벽으로 둘러싸인 섬에는 수직으로 곧게 뻗는 측백나무가 굳건히 버티고 있다. 섬 주변은 어둡고 음산한 분위기가 짙게 깔려 있다. 흰색 천으로 덮인 관과 함께 흰색 옷을 입은 카론을 태운 배 한 척은 조용히 바위섬에 다가가고 있다.

〈죽음의 섬〉을 그리기 전까지 뵈클린은 가난한 화가였다. 그의 그림은 세련되지 않았고 야생적이라 사람의 호감을 얻지 못했다. 그러나 〈죽음의 섬〉이 그에게 성공을 가져다주면서 그는 일약 유명 작가 반열에 올랐다. '죽음의 섬'의 복제품과 판화는 날개 돋친 듯 팔려 나갔다. 독일인 중에 그의 작품을 갖지 않은 사람이 없을 정도였다.

이 그림은 1차 세계대전 당시 병사들이 가장 선호한 엽서였으며, 히틀러는 그의 열성팬으로서 〈죽음의 섬〉의 세 번째 버전을 소유하기도 했다.

아놀드 뵈클린 '죽음의 섬:4번째 버전, 1884' (흑백판)

라흐마니노프 시선

나에게는 선택권이 없었다. 가족을 위해 떠나야만 했다.

1905년 러시아에서는 혁명이 일어났다. 정치에 별 관심 없었던 나는 혁명이 나와는 전혀 무관한 일이라 생각했다. 하지만 나라 곳곳에서 정부군과 혁명군이 충돌하면서 사회는 혼란스러워졌고, 노동자들은 참아온 불만을 토해내기 시작했다. 정부가 억압할수록 혁명군의 시위는 더 거세졌다. 많은 사람이 죽거나 암살당했고 노동자 파업은 무장봉기로 발전했다. 우리 오페라 극장도 문을 닫으면서 나에게도 큰 타격을 안겨줬다. 노동자의 시위와 농민의 투쟁 대상은 정부와 큰 회사만이 아니었다. 우리 집에도 바람이 불어왔다.

아버지로부터 물려받은 땅에서 일하는 농민들은 참 좋은 사람들이었다. 시위가 전 지역으로 퍼지면서 우리집 농민들도 불만을 토로하기 시작했다. 나에게 친근함을 표시하던 눈빛은 차갑게 변했고 그들은 나를 작은 월급에 힘든 일만 시키는 악덕 지주로 여겼다. 내가 아는 거라곤 음악뿐인데 말이다.

이런 불안한 상황 속에서 나는 더 이상 러시아에 있을 수 없었다. 괜히 더 머물다가는 사랑하는 아내와 딸이 위험해질 것만 같았다. 나는 필요한 몇 가지만 챙기고 가족과 함께 독일 드레스덴으로 이주했다.

우리가 살던 러시아와 전혀 다른 분위기의 드레스덴은 참 좋았다. 음악적인 영감이 살아나고 음악을 할 수 있는 다양한 기회가 있었다. 이곳은 나와 내 와이프가 찾던 곳이었다. 유럽으로 이사 온 후에도 나는 유럽에서 피아니스트로서, 작곡가로서 꾸준히 무대에 섰다.

그러던 어느 날, 「피아노 협주곡 2번」을 연주해 달라는 요청에 파리로 떠났다.

파리에 머물면서 다양한 예술을 접했지만 우연히 본 아널드 뵈클린의 〈죽음의 섬〉은 나에게 깊은 인상을 남겼다. 흑백인 그림은 불안하고 어두운 숨겨진 내면을 표현하고 있었다.

마치 화가가 내 마음을 들여다보고 만든 작품 같았다.

나는 독일로 돌아오자마자 펜을 들었다.

러시아의 혁명, 행복하지 않던 유년 시절, 불안정한 정서, 내면적인 고뇌, 불안한 내면, 고요와 침묵의 바다, 햇빛조차 들지 않는 섬, 날카로운 절벽, 압도적으로 다가오는 측백나무, 흰 옷을 입은 카론과 하얀색 천을 덮은 관.

174

나는 그림에 나를 집어넣었고, 나의 내면이 투영된 그림을 음악에 담기 시작했다.

나의 펜은 멈출 줄 몰랐고, 막힘없이 곡을 써 내려 갔다.

음악이 다 완성되었을 때, 그림의 제목처럼 곡의 제목 또한 「죽음의 섬」이라고 붙였다.

이보다 더 어울리는 제목은 없었다.

곡을 만들고 난 후 나는 우연히 라이프치히에 있는 화랑에서 원작을 볼 기회가 있었다.

충격적이었다. 처음 내가 본 흑백의 작품과는 전혀 달랐다.

나는 말했다. 내가 흑백이 아닌 원작을 처음 봤더라면 지금의 '죽음의 섬'은 없었다고.

나의 시선

나는 음악을 알기 전에 그림을 먼저 알았다.

또한, 흑백이 아닌 오리지널을 먼저 알았다.

그림을 가만히 보고 있으면 이 세상이 아닌 저 세상에 있는 기분이었다. 세상을 떠나야만 갈 수 있는 그런 곳, 그런 섬에 홀로 남겨진 기분이었다.

조용하고 어두운 바다는 나를 더 비참하게 만들었고, 그림을 지배하는 우울함은 현세에서 힘들었던 나를 떠올리게 만들었다. 그림은 점점 나를 혼자만의 세계로 밀어 넣었다.

섬으로 다가오는 작은 배에는 흰옷을 입은 그가 서 있다. 항상 그렇듯 그는 또 다른 영혼을 데리고 오는 중이었다. 나는 그와 함께 죽은 영혼을 기리려 측백나무 숲으로 들어갔다.

그 영혼이 더 이상 아파하지 않게 우리는 그를 위로했다.

원작 그림을 본 나의 해석은 이랬다.

라흐마니노프의 음악은 칼라가 아닌 흑백에서 받은 인상으로 만들어졌다지만 내게 그림의 색은 그리 중요하지 않았다. 나에게는 여전히 어둡고 우울한 공간이었다.

엄숙하고 어두운 바다를 연상시키는 음악의 시작은 앞으로 어두운 이야기가 펼쳐질 것을 암시했다.

우리들은 조용히 노를 젓는다. 아무것도 모르는 우리들은 그저 저을 뿐이다. 어둠 속에서 느껴지는 건 철썩거리는 파도뿐이다. 우리는 다들 말없이 버텨내는 중이다. 물결에 따라 배는 흔들렸다. 우리는 다시 노를 젓는다. 더욱 힘을 내 젓기 시작한다. 정처 없이 바다를 떠돌던 배는 마침내 섬을 발견한다. 섬을 발견한 우리는 이상하게도 기쁘지 않았다. 괜히 기분 나쁜 섬이었다. 침울한 분위기가 섬 전체를 지배했고, 새들은 계속 울어댔다. 낯선 우리의 방문이 반갑지 않은 건지, 그들의 방식대로 환영해준 섬에 살고 있는 동물과 식물들은 괴기스러운 소리를 냈다. 그들의 소리를 들으면 들을수록 무서움은 배가 되었다.

큰일이 벌어질 것만 같았다. 우리는 배 안에 있던 관을 전부 섬에 내려놨다. 선장은 그 관 앞에 서서 죽은 영혼을 기리는 기도를 시작했다.

잠시 후 하늘에서 한 줄기의 빛이 내려왔다. 그 빛은 관을 향해 있었고 마음을 달랜 영혼들은 하늘로 올라갔다. 그들이 전부 사라진 후 섬에 남은 건 노를 저은 우리뿐이었다. 그제야 알았다. 우리는 하늘로 올라갈 수 없는 영혼이라는 걸. 이 섬에 머물러야 한다는 걸. 섬은 다시 요동치기 시작했다.

벼락과 천둥을 동반한 하늘은 우리에게 무섭게 굴었다. 섬은 잠잠해졌으나 여전히 칠흑 같은 어둠뿐이었다. 섬에 남은 우리는 자신의 처지를 한탄하지만 결국 단념했다.

나에게 음악은 그림만큼이나 무거웠다.

하지만 「죽음의 섬」을 들어보면 음악을 통해 전달되는 생동감이 그 누구도 따라오기 어려울 정도다. 이래서 그 음악을 동경하고 좋아하는 사람이 많구나 싶기도 하다.

개인적으로 이 음악은 그림과 함께 감상할 것을 추천한다.

음악과 함께 보는 그림은

우리에게 생동감 있는 장면으로 다가올 것이고,

그림과 함께 듣는 음악은

우리에게 영상을 보는 듯한 느낌을 줄거라 믿는다.

그는 그레고리안 성가 「진노의 날」을 음악에 등장시킴으로써 어둡고 침울한 분위기를 생동감 있게 표현했다.

 여러분의 클래식
클라스를 위해

공동묘지에서 몰래 흔들어 대는 그들

카미유 생상 '죽음의 무도'
Camille Saint-Saëns "Danse Macabre"
중세시대의 죽음의 무도의 그림과 시들
Danse Macabre Paintings and poems from the middle ages

그림 이야기

흑사병이 유행하기 전, 사람들에게 죽음은 이승과 저승을 이어주는 매개체였다. 하지만 전쟁과 전염병으로 죽음이 많아지며 사람들 사이에서 죽음은 신이 인간에게 내리는 벌이라는 인식이 팽배해져 갔다.

죽음에 대한 두려움이 점점 커지자 이를 극복하고자 사람들은 죽음을 삶의 보편적인 현상으로 보려 했다. 이를 반영하듯 중세 말에는 죽음을 표현하는 그림이 부쩍 많아졌다. 죽음의 무도는 죽음을 풍자하는 그림으로서 그 당시 유행하는 미술의 한 장르였다.

미카엘 볼게무트 '죽음의 무도' (1834)

그림에서는 다섯 명의 해골이 등장한다. 왼쪽 해골은 피리를 불고 그 옆의 세 해골은 즐겁게 춤을 춘다. 오른쪽 해골은 다른 이들과 다르게 아직 살이 좀 남아 있고, 내장이 흘러나와 좀 보기 흉하다. 음악 소리와 춤추는 소리에 무덤에 누워 있던 해골 하나가 깨어나고 있다. 이 해골의 몸을 뱀이 감는 걸 보니 다른 해골보다 죄가 많은 듯하다.

죽음과 춤은 분명 어울리지 않는 단어지만 이 당시에는 죽은 자들이 춤추는 그림이 꽤 많았다.

이는 인간의 이중적인 태도를 보여준다고 흔히들 말한다. 죽음 앞에서 경건함과 참회의 마음을 가지려는 것과 더불어 인생을 즐기자는 쾌락주의가 함께 존재하는 인간의 본질 말이다.

생상의 시선

「죽음의 무도」를 작곡하는 것은 나에게 즐거운 경험이었다.

어릴 적, 나는 숙모의 권유로 피아노를 시작했다.

나는 잘 모르지만 주변에서는 나를 음악천재라 불렀다.

아빠가 폐결핵으로 일찍 돌아가시면서 나는 대부분의 시간을 엄마와 보냈다. 수채화를 그리는 엄마 덕분에 미술과 꽤 가까워졌다. 또한 나는 책 읽는 걸 매우 좋아했다. 책 속에 있는 이야기는 내가 경험해 보지 못한 새로운 세계로 안내했다. 특히 옛날부터 전해 내려오는 전설이나 동화에 나는 큰 흥미를 느꼈다. 그들은 내가 다양한 상상을 하도록 만들었고, 난 가끔 전설 속의 주인공이 되기도 했다.

상상하는 걸 좋아하는 나는 호기심도 참 많았다. 그래서인지 여행은 나를 신나게 했고, 새로운 곳의 예술과 경험은 나를 흥분시켰다. 특히 아프리카의 예술은 신선한 충격이었다. 태어나서 처음 보는 것들이었다. 그들의 예술은 원시적이었지만 메시지가 있었고, 날것이었지만 아름다웠다. 풍속화에 애정이 있던 나에게 그들의 작품은 그냥 지나칠 수 없을 만큼 매력적이었다. 나의 소장 욕구를 자극했다. 그렇게 나는 하나둘씩 아프리카의 그림을 수집하기 시작했다. 그 많은 그림 중에 내 마음을 사로잡는 작품이 하나 있었으니, 해골이 춤을 추는 그림이었다. 해학적이면서도 풍자적이고 기괴하고 재미있는 이 그림은 내 마음에 쏙 들었다.

사회적인 메시지가 있으며 역사와 전통을 품은 이야기를 음악으로 풀어내 보고 싶었다.

지금까지 해본 적 없는 작업이라 생각만 해도 신이 났다.

음악을 회화적으로 표현한다는 이야기를 좀 듣는 터라 이 그림을 음악화하는 건 자신 있었다.

나처럼 〈죽음의 무도〉나 과거의 전설 혹은 풍속화에 관심이 많은 예술가들은 꽤 있었다. 앙리 카잘리스도 그중 한 명이었다. 문학가였던 그는 〈죽음의 무도〉에 관한 전설을 글로 남겼다.

나는 작곡을 시작하기 전 앙리 카잘리스의 시를 읽었다.

그 시는 내가 영감을 받은 그림을 묘사하고 있었고 내가 음악으로 표현하려던 이야기를 담고 있었다. 이 시 덕분에 내 음악의 스토리는 탄탄해졌고, 나는 최선을 다해 잘 표현해 내기만 하면 되었다. 나는 앙리 카잘리스의 시를 토대로 음악을 만들기 시작했다.

죽은 자들의 이야기임을 놓치지 않으려고 곡 전체는 몽롱함을 유지한 채 진행했다. 그렇다고 우울하고 슬픈 곡은 아니었다. 죽은 자들은 사람이 없는 새벽에 무덤에서 뛰쳐나왔다. 해뜨기 전까지는 그들만의 시간이었다. 제한된 시간 동안만 즐겨야 하는 그들의 모습을 역동적이지만 불안함을 가진 춤사위로 표현했다.

난 음악을 통해 죽은 자들에게 생명력을 불어넣어 주었고,
그들은 내 음악 안에서 뛰어놀았다.

앙리 카잘리스의 시

지그, 지그, 지그, 죽음의 무도가 시작된다.
발꿈치로 무덤을 박차고 나온 죽음은,
한밤중에 춤을 추기 시작한다.
지그, 지그, 지그, 바이올린 선율을 따라.

겨울 바람이 불고, 밤은 어둡고,
린덴 나무에서 신음이 들려온다.
하얀 해골이 제 수의 밑에서 달리고 뛰며,
어둡고 음침한 분위기를 건넌다.

지그, 지그, 지그, 모두들 뛰어 돌며,
무용수들의 뼈 덜그럭거리는 소리 들려온다.
욕정에 들끓는 한 쌍 이끼 위에 앉아
기나긴 타락의 희열을 만끽한다.

지그, 지그, 지그, 죽음은 계속해서,
끝없이 악기를 할퀴며 연주를 한다.
베일이 떨어진다! 한 무용수 나체가 된다.
그녀의 파트너가 요염하게 움켜잡는다.

소문에 그 숙녀가 후작이나 남작 부인이란다.
그녀의 용감한 어리석은 달구지 끄는 목수.
무섭도다! 그녀는 저 촌뜨기가 남작인 듯이
자기를 그에게 허락한다.

지그, 지그, 지그. 사라반드 춤!
죽음이 모두 손을 잡고 원을 그리며 춤춘다.
지그, 지그, 재그. 군중 속에 볼 수 있는
농부 사이에서 춤을 추는 왕.

하지만 쉿! 갑자기 춤은 멈춘다,
서로 떠밀치다 날래게 도망친다. 수탉이 울었다.
아, 이 불행한 세계를 위한 아름다운 밤이여!
죽음과 평등이여 영원하라

나의 시선

「죽음의 무도」 하면 김연아가 먼저 떠오른다.

2009년 피겨스케이팅의 불모지 한국에서 우리를 피겨의 세계로 안내한 연아 킴.

카리스마 넘치는 안무, 절도 있는 발짓, 우아한 손끝, 날카롭지만 유혹적인 눈빛, 음악에 따라 시시때때로 변하는 표정까지, 검은 원피스를 입은 그녀에게 우리는 환호했다.

완벽한 테크닉과 음악에 빠져 연기하는 그녀의 모습에 우리는 압도당했다.

「죽음의 무도」에 맞춰 빙판 위를 누비는 그녀는 열여덟 살이라고 믿기 어려울 만큼 대단했다.

그녀의 춤사위는 꽃보다 아름다웠다.

그녀의 피겨 스케이팅을 보고 그녀의 매력에 빠지는 건 당연했다. 힘든 현실 속에서 그녀는 힐링이었고 희망이었으며 우리의 큰 자랑이었다.

그녀 덕분에 '죽음의 무도'는 클래식이지만 꽤 유명해졌다.

그녀가 쇼트 프로그램에서 함께한 곡인 「죽음의 무도」가 '피아노와 바이올린'으로 구성돼 있었다면, 내가 소개하고자 하는 「죽음의 무도」는 오케스트라가 등장하는 좀 더 화려한 버전이다.

오케스트라 전체가 표현하는 해골들의 파티는 나의 심장을 울려댔다.

열두 번의 종소리와 함께 그들의 파티는 시작됐다.

귓가에 꽂히는 바이올린의 소리는 무덤에서 자고 있던 그들을 깨웠다. 그들은 일어나 몸을 풀 듯 사뿐사뿐 춤을 추기 시작한다. 시간이 지날수록 몸이 풀린 그들은 신나게 흔들어 댄다.

빠른 박자 속에 정신없이 쪼개지는 리듬, 관악기의 팡파르 소리와 타악기의 움직임은 그들의 열정적인 파티에서 흥을 돋우기에 충분하다. 혼자 추기도 하고 둘이 추기도 하면서 기다려왔던 이 시간을 제대로 즐기고 있었다. 죽었지만 죽은 게 아니었다. 그들도 놀고 싶은 열정이 아직 남아 있었고, 살고 싶은 마음이 있었다. 제한된 시간에만 즐길 수 있는 그들의 상황이 그들을 더 미치게 만들었다. 음악은 그들의 마음을 대변하는 듯 쉬지 않고 몰아쳤다. 그들은 마지막을 향해 갈수록 더 흥분했고, 암탉의 울음소리가 들리자 언제 그랬냐는 듯 다시 자기 자리로 돌아갔다. 오늘 밤이 오기를 기다리면서 말이다.

음악은 해골뿐 아니라 내 엉덩이도 들썩거리게 만들었다. 음악이 클라이맥스에 도달했을 무렵 결국 나는 자리에서 일어났다. 그가 만들어낸 음악은 무지개 같았다. 여러 가지 악기들이 각자의 색깔을 유지한 채 서로 어울리면서 반짝거렸다. 그 반짝거림이 음악을 더 입체적으로 만들었고 내 귀를 더 즐겁게 만들었다.

처음부터 끝까지 쉼 없는 진행에 숨이 좀 차기도 했지만 내 심장과 맥박은 흥분한 듯 빨리 뛰었다.

다양한 버전의 「죽음의 무도」가 존재한다. 하지만 내가 가장 좋아하는 연주는 단연 관현악 연주 버전이다. 내 어깨를 들썩거리고 내가 살아 있음을 느끼게 해주는 데는 이만한 연주가 없다.

김연아의 쇼트 프로그램에서 환희를 느껴도 좋지만, 당신의 심장을 두근거리게 해 줄 음악을 듣고 싶다면 오케스트라 버전의 「죽음의 무도」를 추천한다. 분명 움직이고 있는 자신을 발견할 수 있을 것이다.

나는 김연아의 쇼트 프로그램을 보면서 열광하기도 했지만 눈물을 흘리기도 했다. 실수 하나 없이 공연을 한다는 게 거의 불가능한 일임에도 그걸 해내는 그녀를 보니, 그녀가 얼마나 치열하게 연습하고 훈련받았을지가 내 머리에 가득 이었다.

최고의 결과를 만들기 위한 그녀의 노력은 내 마음을 감동시켰고 나를 반성하게 만들었다. 그녀를 보고 있자면 그저 대단하다는 말 외에는 표현할 단어가 떠오르지 않는다.

여러분의 클래식
클라스를 위해

IV
인생 음악 이야기

인생에 사랑이 빠지면 섭하지

처음 '사랑'이라는 단어를 들으면

설렘이나 행복보다 가슴 저림, 애절함, 그리움이 떠올랐다.

지금까지 나에게 사랑은 그랬다.

그 어떤 것보다 간절하고 소중한 것.

그 무엇과도 바꿀 수 없는 것.

내 목숨과 인생을 다 주어도 아깝지 않은 것.

인생을 살면서 한 번쯤은 목숨을 걸어볼 만한 것.

20대의 내 다이어리엔 이렇게 적혀 있었다.

누군가가 나에게 한 가지 소원을 들어준다면
나는 주저없이 말할 거예요.
제 모든 것을 걸 만한 사랑을 해보는 거라고.

물론 나이를 먹어 가면서, 세상을 살아 가면서 현실을 알고, 변해 가는 게 인간이라지만, 그래도 '사랑'은 머리가 아닌 가슴이 먼저 반응해야 하는 것이라 생각했다.

보고 있어도 그립고, 안 보고 있으면 더 그립고,
내 모든 걸 내주어도 더 내주고 싶은,
당신의 아픔을 내가 대신 아팠으면 하는 그 마음,
내가 힘들고 슬픈 건 다 감당할 테니,
당신은 좋은 것만 보고 미소만 지으며
행복만 했으면 하는 마음.

나에게 사랑은 이런 것이었다.

저녁 밤 하늘,
반짝거리는 별을 바라보며 사랑하는 이를 떠올리면,
나도 모르게 입꼬리가 올라가는 내 모습.

행복한 상상을 하면서도

행복한 추억을 떠올리면서도

가슴 한편이 저리는 내 마음.

세상이 변해도,

사랑만큼은 가슴이 하는 거라며

머리가 아닌 심장이 반응하는 내 사랑.

 내 마음에 있는 사랑 노래는 좀 절절하고 가슴 한편이 아련해 지는 음악이다. 음악을 들으면서 지금 만나는 연인 혹은 헤어진 연인을 떠올려보자. 음악에 당신의 감정을 입히고 그들과의 추 억에 잠깐 젖는다면, 마음이 따뜻해지지 않을까? 음악을 들으 며 사랑에 대한 향수를 느꼈으면 하는 바람을 가져본다.

내 감정의 고삐가 풀리고 말았다

클로드 드뷔시 '달빛'
Claude Debussy "Claire de Lune"

이 곡이 내 가슴을 눈물로 적시던 그날은 해 질 무렵 비가 조용히 내렸다.

그 날 라디오에서 은은하게 들려오던 「달빛」은 내 기억 속의 「달빛」이 아니었다. 첫 음을 듣는 순간 눈은 무거워졌고, 두 번째 음을 듣는 순간 가슴은 반응하기 시작했다.

장거리 연애로 지쳐 있던 마음은 점점 흥분해 가고 있었다. 그동안 잘 참아온 감정의 고삐가 풀린 순간이었다.

음 하나하나에 눈에서 눈물은 쉴 새 없이 흘렀고,

내 마음을 아는지 모르는지

해 질 무렵 하늘에서 내리는 비는

낭만적이다 못해 내 감정에 불을 지폈다.

음악이 점점 흐를수록 그에 대한 내 마음도 선율을 따라 유유히 흘러갔다.

더 이상 나는 주인공이 아니었다.

양손에서 흘러나오는 그들의 대화, 분위기에 어울리는 속도와 스타일의 변화를 따라 내 사랑 이야기도 자연스레 변해 갔다. 음악이 절정을 향해 달려가자 내 심장도 요동치기 시작했다. 가슴 한편이 아련하게 저리기 시작했고 눈에서 눈물은 쉴새없이 흘렀으며, 머릿속은 그에 대한 생각으로 가득 찼다.

나는 행복한 기억에도 눈물을 흘렸고,

슬픈 기억에도 눈물을 흘렸다.

곡이 연주되는 5분 30초 동안, 나는 음악과 한 몸이 되어 사랑에 관한 단편 영화를 찍었다.

사랑하는 남녀가 장거리 연애를 시작했다.

데이트를 좋아하는 여자는 거리상 자주 못 만나는 남자가 밉지만 사랑하기 때문에 잘 버텨낸다.

괜찮다, 괜찮다 되뇌이며 세뇌시키는 여자.

남자의 사소한 행동에 섭섭하기도 하고 속상하지만 잘 참아낸다. 버틸 만큼 버틴 여자는 결국 폭발한다.

헤어질 법도 하건만 사랑이라는 게 뭐기에, 여자는 다시 현실을 받아들이고 감정을 삼킨다.

이 곡은 나에게 이런 곡이었다.

나의 사랑

이별을 하면 제일 먼저 상대방에 대한 원망에 사로잡힌다.

시간이 흐를수록 원망보다 그리움이 커진다.

그렇게 보기 싫던 상대방의 안부가 궁금해지기 시작한다.

다시는 만나기 싫어서 헤어졌건만, 이상하게도 내 기억 속에는 그와 행복했던 순간만 가득하다.

그리고 생각한다.

다시 그대가 손을 내민다면, 그대가 좀 바뀌었다면, 나는 언제 그랬냐는 듯 다시 그대의 손을 잡고 시작할 수 있을 텐데…….

나도 그랬다.

그가 참 좋았지만 그렇게 싫었다.

우리는 너무 같았고, 너무 달랐다.

나는 그의 이해를 원했고, 그는 나의 이해를 원했다.

나는 그에게 아빠같은 연인을 원했고,

그는 나에게 엄마같은 연인을 원했다.

각자의 주관이 강한 우리는 참 많이 싸웠다.

뭐가 그리도 서러웠는지, 나는 울기도 참 많이 울었다.

싸움과 눈물이 반복되던 날들이 쌓이면서 나는 우리의 사랑에 대한 확신을 잃어갔다.

답답했다. 서로를 위해 헤어지는 편이 나았다.

그래서 우린 헤어지기로 했다.

나는 더 이상 상처받고 싶지 않았다.

그에게 더 이상 상처 주고 싶지 않았다.

이러다가 사랑에 대한 불신마저 생길 것만 같았다.

나에게 사랑은 아름답고 찬란한,

그 무엇과도 바꿀 수 없는 소중한 것인데.

헤어지자마자 더 이상 눈물을 흘리지 않아도 되고, 쓸데없는 에너지 낭비를 할 필요가 없다는 생각에 참 행복했다.

하지만 시간이 흐를수록 미움이 아닌 그리움이 생겼다.

고운 정보다 미운 정이 더 무섭다는 옛말.

나는 오랜 시간 그와 싸우면서 그렇게 무섭다는 미운 정이 강하게 들었던 것이다.

　내가 변하면 괜찮았을 텐데……. 아직은 이기적인 인간이라 그런지, 그가 변해서 나에게 다시 돌아왔으면 했다.
　그에 대한 사랑이 여전함에도 불구하고, 강한 자존심 때문에, 여자라는 이유로 나는 연락하고 싶었지만 꾹 참았다.
　그리고 생각했다. 여자는 원래 다 이러는 거라고.

　시간이 지난 지금, 그게 다 무슨 소용이 있나 싶다.
　사랑 앞에서 자존심 부리는 건 삼류 양아치나 하는 거라고, 연인을 더 배려해 주고 져 주고 이해해 주는 게 일류라고, 과거에 나는 그에게 그렇게 말하곤 했다.

　생각해 보면, 사랑은 남자와 여자가 하는 게 아니라 인간과 인간이 하는 거다. 그에게 요구하기 전에 내가 먼저 배려 있는 행동을 했다면 서로에게 덜 상처가 되었을 텐데.
　세월이 흘러 나도 참 많이 변했다. 절대 포기하지 않을 것만 같았던, 절대 내려놓지 않을 것만 같았던 그에 대한 불만과 단점이 더 이상 문제가 되지 않았다.
　그의 장점을 부각시켰고, 장점을 크게 보려 노력하고 있었다. 자존심이 아닌 감정에 충실하기 시작했다.

이제 시작이지만,

먼저 사랑한다 보고 싶다 미안하다 말하는, 먼저 손내밀고
사과할 줄 아는, 그런 용기가 생긴 것이다.

사랑한다면, 보고 싶다면, 아끼지말고, 고민하지말고,

당신의 마음을 전하세요.

나는 확신합니다.

삭막하고 메마른 현실에서 사랑이 분명 도피처가 되어줄
거라고.

여러분의 클래식
클라스를 위해

나도 네게 그런 사랑을
영원히 주고 싶었어

프레데릭 쇼팽 전주곡 4번
Frédéric Chopin Prelude No.4

내 인생영화는 〈노트북〉이다.

그 영화를 알게 된 건 우연이었다.

20대 때 목숨 거는 사랑 한 번 해보는 게 평생 소원이라고 입버릇처럼 말하던 나에게 친구는 이 영화를 권했다. 실화를 바탕으로 한 사랑 이야기인데 정말 영화 같은 스토리라면서.

사실 첫인상은 좀 별로였다. 사랑 이야기인데 제목에서는 전혀 사랑의 냄새가 느껴지지 않았다. 친구가 참 유별나다 생각하면서 영화를 틀었다.

오 마이 갓!

이런 사랑과 남자가 있다고? 현실에 존재한다고?

난 내 눈과 귀를 의심했다. 믿을 수 없었다. 정말 실화라면 내가 세상에서 가장 부러워할 여자였다.

첫눈에 반해 여자에게 무모하게 들이대는 남자. 한여름밤의 꿈처럼 무서움과 두려움도 없는 열정적인 사랑. 자기를 떠난 여자를 잊지 못해 그녀를 평생 마음에 두고 살아가는 남자. 혹여나 하는 마음에 그 여자가 원하는 집을 손수 만드는 남자. 치매 걸린 아내 옆에서 매일 그들의 러브스토리를 읽어 주는 남자. 이야기 끝에 잠깐 정상으로 돌아오는 아내를 기다리는 남자. 결국 둘이 같은 날 같은 시간에 손잡고 세상을 떠나는 부부.

영화를 보는 내내 내 눈에선 눈물이 마르지 않았다. 여러 감정이 뒤섞인 눈물이 쉴 새 없이 흘렀다. 너무나 아름답고도 슬픈 사랑에 나는 정신을 차릴 수가 없었다.

특히, 이 영화에 등장하는 「쇼팽 전주곡 4번」은 나를 미치게 만들기에 충분했다.

남자의 비밀 공간에 초대된 여자는 거실에 버려져 있는 피아노를 발견한다. 그녀는 의자에 앉아 무심하게 「쇼팽 전주곡 4번」을 치기 시작했다.

낡고 어두운 집 안에 울려 퍼지는 그녀의 피아노 소리.

잘 치는 솜씨는 아니었지만 울림과 분위기에 내 마음 한 구석에 숨어 있던 아픔이 꿈틀거렸다. 기억하고 싶지 않아서, 혹여나 기억하면 흔들릴까 봐 숨겨 놓은 아이였는데.

난 그녀에게 나의 치부를 들킨 기분이었다.

그녀의 피아노 연주를 바라보는 그의 눈동자에는 그녀를 향한 진실된 사랑이 담겨 있었다. 그들에게 이 음악은 그들의 불꽃같은 사랑을 기억해줄 귀중한 추억이었다.

시간이 지나 그녀는 치매에 걸려 아무것도 기억 못하는 할머니가 되었지만 그녀의 몸은 사랑을 기억하고 있었다. 피아노 앞에 앉은 할머니는 피아노 위에 자신의 손을 올려 놓았다.

기억을 더듬어 피아노 건반을 누르기 시작했는데, 사랑의 추억이 가득한 「쇼팽 전주곡 4번」이었다.

자신의 기억을 더듬어 들려준 할머니의 연주는 잔잔하면서도 울림이 있었다.

젊은 그녀의 첫 번째 연주가 내 아픔을 건드렸다면 할머니가 된 그녀의 두 번째 연주는 내 아픔을 감싸주었다.

이제 다 괜찮다는 듯 나를 다독거리고 있었다.

따뜻한 온기가 내 가슴에 느껴지면서 긴장된 나의 마음은 눈 녹듯 녹아내렸다.

영화가 끝나고도 한참 동안 나는 움직일 수 없었다.
내가 그녀가 되었고, 그가 되었다.
그들의 사랑을 질투했고, 위로받았다.
그들의 사랑을 함께할 수 있는 이 순간에 무척 감사했다.

작가의 사랑

나는 사랑에 많이 서툴렀다. 그렇다고 밀당을 잘하는 여우
도 아니었다. 소심한 성격이라 상처도 많이 받았다. 진정한
사랑을 했다면 상처 정도는 괜찮았다.
하지만 시간이 흐를수록 내 기억 속에 사랑은 없고 상처
만 남아 있었다. 상처는 아무리 연고를 발라도 더 이상 아물
지 않을 지경까지 이르렀다. 난 점점 주변에 벽을 쌓기 시작
했고 나의 자존감은 낮아져 갔다. 상대방의 호의와 호감에도
꿈쩍하지 않았고 도리어 그의 감정에 의심을 품었다. 상처는
낫지 않은 채 그 자리에 머물러 있었고 나는 사랑이라는 감
정에 무뎌져 갔다.
심장을 주어도 아깝지 않은 사랑을 하고 싶어 하는 아이

가 세상에서 가장 차가운 얼음 공주로 변해 있었다.

사랑은 나에게 그랬다.
그 어떤 것보다 어려운 아이였고,
아무리 노력해도 알 수 없는 아이였다.
손에 잡으려고 해도 잡히지 않는 아이였고,
힘들 걸 알면서도 계속 찾게 되는 아이였다.

영화를 보는 내내 연애세포는 꿈틀거렸고, 영화가 끝나자 다시 사랑할 용기가 조금은 생겼다. 한 번 사는 인생인데 지나간 상처에 머물러 있는 나 자신이 무척 바보 같았다.

영화를 보면서 어쩌면 언젠가 저런 사랑이 나에게 찾아오지 않을까 하는 희망을 품었다.

상처를 두려워하기보다 있는 그대로 받아들여 보기로 했다. 상처와 부딪쳐 보기로 했다. 분명 나를 더 성장시켜 주리라.

아직 사랑에 대한 환상을 가진 나의 마음에 감사하며 오늘도 나는 불타는 사랑을 꿈꾼다.

유학생 '이인현'

미국으로 떠나기 전 나는 호언장담 했다.

"내가 유학을 간다는 건 피아노에 인생을 걸겠다는 건데, 인생 한 번 사는 거 피아노로 대박 한번 쳐보지 뭐. 내가 미국에서 뭐라도 하나 돼서 한국으로 금의환향할 테니 두고봐. 내가 또 한다면 하잖아. 내가 진짜 대박 치고 만다."

피아노로 이름 좀 날려 보겠다는 큰 꿈과 기대감을 안고 나는 미국행 비행기에 올랐다. 한국 1등은 아니었지만 나름 대로 재능 있다는 소리도 듣던 아이라 열심히 하기만 하면 모든 게 내 생각처럼 될 줄 알았다.

어머나, 세상에.
이게 무슨 일이니.

학교에 처음 간 나는 기가 막혔다. 잘 치는 애들이 너무 많았다. 하긴 전 세계에서 좀 한다는 애들이 다 모였으니⋯⋯.
안 그래도 소심한 나인데 기는 죽을 대로 다 죽고 자존심은 상할 대로 다 상했다. 나는 오직 연습에만 매달렸다. 하지만 아무리 연습을 해도 그자리 그대로였다. 나만 하루 종일 연습하는 게 아니라 모든 아이들이 전부 나와 똑같이 살고 있었던 것이다.

시간이 지날수록 아무리 노력해도 나아지지 않아 보이는 나 자신이 싫었다. 결국 그들과의 경쟁에서 남는 건 나에 대한 자책과 눈물뿐이었다.

이러려고 미국에 온 게 아닌데.
더 좋은 연주자가 되려고 온 건데.

난 마음을 다 잡았다. 그들과 경쟁이 아닌 온전히 나를 위해 혼신의 힘을 다하겠노라고.

그렇게 나와의 싸움이 시작되었다. 혹여 나태해질까 봐 더 예민하고 엄격한 잣대를 들이댔다. 나 자신에게 실망하지 않고자 더 열심히 했고, 더 나를 볶아 댔다. 나를 위로하고 칭찬해줄 여유와 관용은 전혀 없었다.

나 자신에게 까다롭게 굴수록 외로움과 서러움은 커져만 갔다. 우울증은 매일 나를 폭식의 세계로 안내했고, 미국 입맛에 길들여진 나는 인스턴트와 디저트를 그렇게 먹어 댔다.

유학 생활을 기쁘게 즐기면서 하는 친구도 있다지만,

나는 왜 이렇게 즐길 수 없을까?

다들 웃으면서 잘 버티는 거 같던데

나는 왜 울면서 버티고 있는가?

내가 무슨 부귀영화를 보겠다고

태평양 건너 미국까지 와서 이러고 있는가?

누가 유학 가라고 떠민 것도 아니고

내가 간다고 해서 왔는데 왜 이렇게 힘들어하고 있는가?

내가 그만두고 한국으로 돌아간다고 해서

뭐라 할 사람 아무도 없는데 왜 이렇게 질질 끌고 있는가?

결국 나 자신에게 실망할 내가 문제였다. 난 그렇게 하루하루 겨우 버텨 내고 있었다. 주변 사람들에게 힘들다고 말해보려 하다가도 괜히 민폐일까 싶어 입을 다물었다. 다들 웃고 있지만 힘들게 지내는 걸 아는 이상 내 힘듦까지 나누고 싶지 않았다.

어느 날 나보다 먼저 유학 온 친구가 그랬다.

"네가 미국 온 지 얼마 안 돼서 그래. 좀 시간이 지나면 서서히 괜찮아질 거야. 조금만 기다려봐."

괜찮아진다는 친구의 조언이 마치 한 줄기 빛 같았다.

안 끝날 것만 같았던 3년의 석사와 연주자 과정은 감사하게도 무사히 끝났다. 한국으로 돌아갈 법도 하건만 나는 다시 박사생이 되었다. 미국에 온 지 4년 차가 되면서 내 생활은 안정을 찾아갔고 자신을 조련하는 법도 알아갔다. 나를 진심으로 아껴주는 친구가 생겼으며 주변을 둘러볼 여유도 조금 생겼다. 하지만 여전히 나는 연습실에서 피아노와 씨름 중이었고, 나를 향한 엄격한 잣대 대기는 진행 중이었다. 여전히 공부는 어려웠고 연주는 떨렸으며 그리움과 외로움은 사라지지 않았다. 분명 익숙해지고 있었고 괜찮아지고 있었지만 내 정신과 몸은 점점 지쳐가고 있었다.

나는 알았다. 빨리 끝내고 가족의 품으로 돌아가는 길이 나를 살리는 길임을.

처음 미국에 올 때 다짐했던 굳은 의지는 사라진 채 나는 일단 건강해지고 싶었다. 죽을 힘을 다해 공부했고, 눈을 집어 뜯어가며 책을 외웠다. 하기 싫다고 눈물을 뚝뚝 흘리면서도 내 인생 마지막 공부라는 생각으로 꾸역꾸역 책을 읽었고, 남들이 뭐라 하든 귀를 막고 눈을 감고 나만 보며 살았다. 난 빨리 끝내고 돌아가야 했다.

나의 간절함을 알았는지 내 계획보다 공부는 빨리 끝났다. 더 이상 미국에도, 공부에도 미련이 없었다. 막상 돌아가려니 섭섭했지만 정말 시원했고 홀가분했다. 중도에 포기하지 않고 끝까지 공부를 끝낸 자신이 참으로 자랑스러웠고, 내가 힘들 때 큰 힘이 되어준 친구들이 참으로 고마웠다.

이제는 미국이 아닌 한국에서 대박을 쳐보겠다는 생각과 함께 7년의 미국 생활을 정리하고 한국행 비행기에 몸을 실었다.

나는 7년이라는 유학 생활 동안 미국에 대해 느낀 게 꽤 많았다. 진정한 자본주의의 미국, 혈연과 지연 그리고 학연의 미국, 보수의 미국을 나는 보았다.

백인이 아닌 동양인으로 산다는 것, 내 나라가 아닌 남의 나라에서 산다는 건 참으로 녹록지 않았다. 미국이 기회의 땅인 건 사실이지만 동양인에게 주어진 한계가 존재한다는 것도 분명한 사실이었다. 눈에 보이는 것보다 보이지 않는 게 훨씬 더 많았으며, 어느 정도의 차별은 인정하며 살아가야 한다는 게 나는 싫었다.

그래서 더 한국에 가고 싶었는지도 모르겠다.

 여러분의 클래식
클라스를 위해

그렇게 너는 나를 위로했다

세르게이 라흐마니노프 피아노 협주곡 1번, 2악장
Sergei Rachmaninoff Piano Concert No.1 in 2nd movement

날씨에 영향을 많이 받는 나는 오락가락하는 날씨에 따라 감정도 왔다갔다했다.

처음 미국 유학을 갔을 때는 열심히 공부하고 연습해야 한다는 강박관념에 사로잡혀 있었다. 그래서인지 친구들과의 어울림은 나에게 큰 부담으로 다가왔다. 사실 노는 걸 좋아하는 나에게 이런 강박관념은 굉장한 스트레스였다. 강박관념 탓에 연습실에 있는 시간이 많아질수록 점점 외로워져 가는 건 어쩜 당연한 수순이었다.

다른 건 다 참을 수 있었다. 영어에 대한 어려움, 보이지 않는 인종차별, 연습을 해도 쉽게 발전되지 않는 나의 피아노, 뭐든 혼자 해결해야 하는 일상 생활까지.

하지만 외로움을 극복하는 건 매우 어려운 일이었다. 외로움은 내 정신을 방에 가두었고, 우울감과 고독감은 나를 벼랑으로 몰고갔다. 컨디션이 좋은 날이면 괜찮았지만 힘든 날이면 나의 우울증은 극에 달했다.

혼자 버티는 내가 안쓰러웠는지, 친구 하나가 따뜻한 손을 내밀었다. 힘들 때 나의 식사 친구가 되어주었고, 외로워 할 때 나를 다독여 주었다. 변덕이 심한 내 뜻을 묵묵히 다 받아주었고, 가끔은 이해 안 되는 나의 행동마저 헤아려 주었다. 그 친구의 행동과 배려는 참으로 따스했고, 덕분에 안정적인 생활이 가능했다.

하지만 시작이 있으면 끝도 있는 법. 내 정신 건강을 위해 이렇게 지내는 건 좀 아니었다. 그 친구의 배려는 참으로 따스했지만 내 마음이 편치 않았다. 우리의 만남은 여기까지였다. 길고 긴 대화 끝에 우리는 각자의 길을 가기로 했다. 온전히 나의 선택이었음에도 마음은 참 많이 아팠다.

이제 내 곁에 있는 건 피아노뿐이었다.

나는 더욱 연습에 열중했고, 혼자만의 동굴로 들어갔다.

이별이 슬프고 아팠지만 나는 절대 울지 않았다.

내색하지도 않았다. 괜찮다는 합리화로 버티고 있었다.

하지만 상처는 여전히 그 자리에 머물러 있었다.

피아노와 사투를 벌이면서 하루하루 보내던 어느 날, 어제와 같은 음악이 아님을 느꼈다. 같은 곡을 연습하고 있었음에도 내 귀를 타고 몸에 전달되는 음악은 처음 듣는 음악이었다. 굉장히 낯설게 느껴졌다. 멜로디 하나하나, 음 하나하나가 나에게 말을 걸고 있었다.

괜찮다고. 억지로 참을 필요 없다고.
다 이해한다고. 너는 그런 선택을 할 수밖에 없었다고.
그 선택이 결코 이상한 게 아니었다고.
그 아이도 너가 그럴 수밖에 없었다는 걸
다 이해할 거라고.
이제 자책은 그만 해도 된다고.

그렇게 음악은 나를 위로했다. 내 상처를 어루만져 주었고 내 편이 되어 주었다. 소리 하나하나가 나를 감싸 주었으며, 덕분에 내 몸은 온기로 가득해져 갔다. 마음은 따뜻해졌고, 마법처럼 내 상처는 점점 치유되어 갔다.

주변의 그 어떤 위로에도 미동조차 하지 않던 차가운 가슴이 멜로디 하나하나에 조금씩 마음을 열었다. 얼음장 같던 마음은 눈 녹 듯 녹아내렸고 심장은 뜨거워지고 있었다. 연습하는 내내 눈물은 쉴새없이 흘러내렸고 아픔은 나를 성숙한 여인으로 만들었다. 그날 이후 그 친구와의 작별은 더 이상 슬픔의 과거가 아닌 아름다운 추억이 되었다.

이 음악은 나에게 그랬다.
태어나서 단 한 번도 느껴보지 못한 감정을 나에게 선물했고, 힘들고 지친 나를 끌어안아 주었다. 음악으로 위로 받는다는 게 어떤 의미인지 알게 해주었으며, 내가 음악을 믿고 열심히 살아갈 이유를 알려 주었다.

음악이라는 건 참으로 위대하다.
가끔은 사람의 힘으로 되지 않는 일을 해내기도 한다.

당신이 너무 힘들고 지친 날, 볼륨을 높인 다음, 눈을 감고 당신의 몸과 마음을 좋아하는 음악에 온전히 맡겨 보자. 어제와는 다른 느낌의 음악이 당신을 맞이하고 있을 것이다. 그 음악은 당신의 축 처진 어깨를 다독여 주고, 지친 마음을 어루만져줄 거라 믿는다.
당신도 나처럼 음악을 통해 위로를 받았으면 한다.

혹여 자신이 어떤 음악을 좋아하는지 모른다면, 아니면 새로운 음악으로 위안받고 싶다면, 나에게 위로가 되어준 「라흐마니노프 피아노 협주곡 1번 2악장」을 추천한다.

속상한 당신의 마음을 따스하게 품어줄 것이다.

 여러분의 클래식
클라스를 위해

가슴은 시렸고 눈에서는 눈물이 흘렀다

프레데릭 쇼팽 피아노 협주곡 2번
Frederic Chopin Piano Concerto No.2

태어나서 이렇게 아름다운 곡은 처음이었다. 아니 클래식을 듣고 이토록 가슴 시린 적이 처음이었다. 감수성이 풍부한 나지만 이런 적은 없었다. 처음부터 끝까지 내 감정은 끌려갔다. 쉴 곳이 전혀 없었다. 「쇼팽 피아노 협주곡 2번」은 나와 그렇게 만났다.

「협주곡 2번」은 「1번」에 비하면 유명한 곡은 아니다. 한국에서는 피아니스트 조성진 씨 덕분에 「1번」의 인기가 많아졌다. 굉장히 위대하고 로맨틱의 대명사라 불리는 1번이지만 불행하게도 이 곡을 연습하고 들으면서 내 가슴이 찡해본 적은 없다.

「협주곡 2번」은 석사 때 나의 선생님이셨던 싸샤(Sa-sha)

의 연주로 직접 처음 들었다.

눈앞에서 펼쳐진 음악은 웅장하면서도 로맨틱했다. 음악은 행복과 슬픔 사이를 넘나들며 이야기를 만들어 내고 있었다. 이상하게도 들으면 들을수록, 가슴이 그렇게 울렁거렸다. 음 하나하나에 내 몸 전체가 반응했고, 멜로디가 나를 감싸 안았다. 음악에 빠져들수록 내 눈에서 눈물이 흘렀고 마음 한구석은 내내 시렸다.

감수성이 폭발한 나는 걷잡을 수 없는 상상 속에서 로맨틱 영화에 나오는 비련의 여주인공이 되었다.

한동안 나는 「2번」의 늪에서 빠져나올 수 없었다. 선생님의 연주로 「2번」과 나눈 교감이 사라질 무렵, 또다른 감동이 나를 기다리고 있었다. 그는 나를 향해 더 큰 펀치를 날릴 준비를 하고 있었다.

연습실에 처박혀 손가락 운동에 몰두하고 있던 어느 날, 상기된 얼굴로 친구는 내 방으로 들어왔다.

"야, 키신이 온대. 그런데 프로그램이 장난 아니야. 쇼팽 협주곡 전곡……. 대박이야, 완전."

오 마이 갓!

내가 세상에서 제일 좋아하는 키신이 보스톤에서 연주를 한다는데, 그것도 보스턴 심포니와 쇼팽 협주곡 전곡을 연주

한단다.

이게 가능한 일이야?

내가 살아 생전에 그걸 보다니!

나는 믿을 수 없었다. 꿈을 꾸는 듯했다. 키신의 연주일이 다가오면 다가올수록 괜히 설레었다. 공연 당일 저녁 연습을 생략한 나는 긴장된 마음을 안고 그를 만나러 갔다.

먼저 「피아노 협주곡 1번」이 연주되었다. 독창적인 해석과 완벽한 테크닉, 그리고 모든 음이 살아 숨 쉬는 소리. 역시 엄지 척. 키신이었다.

하지만 나의 마음에 비수처럼 꽂혀 내 정신을 쏙 빼놓기에는 무언가 아쉬움이 있었다.

드디어 그렇게 기대하고 고대하던 「2번」이 시작되었다.

'어라? 키신이 연애하나?'

지금까지 그에게서 들어보지 못한 소리였다. 사랑에 빠지지 않고서는 불가능할 기가 막힌 소리였다. 음 하나하나에서 사랑 냄새가 달달하게 났다. 사람이 저런 소리를 낼 수 있구나 하고 생각할 정도로 로맨틱했다.

그의 손에서부터 시작된 선율은 내 마음을 떨리게 만들었다. 정말 애절했고 간절했다. 그가 보여준 연주는 내 마음과 머리를 흥분시켰고, 나는 울고야 말았다. 나는 음악에 맞춰 음 사이사이를 타고 들어가며 사랑의 숲 속을 거닐었다.

사랑하는 당신을 생각하면 행복하지만 너무 마음이 아팠다.

손에 잡으려 해도 잡히지 않는 당신.

너를 향한 나의 마음은 점점 격앙돼 가지만 나 혼자 감당해야 하는 이 현실이 절망스러울 뿐이었다. 하지만 그렇다고 너를 놓는 건 옵션이 아니었다. 너는 나의 전부였고 네가 없는 세상은 생각하고 싶지 않았다.

난 매일 꿈속에서 너와 함께였다. 우리는 사랑을 나눴고 서로를 참 많이 아꼈다. 그래서 난 버틸 수 있었다. 꿈에서라도 너에게 나의 간절한 사랑을 보여줄 수 있어서.

너를 향한 내 마음이 커질수록 나는 점점 더 고통스러웠다. 나는 너를 더욱 원했다. 하지만 내가 욕심내면 네가 도망갈까 봐 나는 마음을 다잡았다. 너는 나에게 어떤 말로도 표현할 수 없는, 세상에서 단 하나의 사랑이었다. 꿈속에서 너와 함께 춤을 추고 너의 미소를 보며 나는 기쁨을 느꼈다.

너는 당당하지만 여리고, 거칠어 보이지만 섬세했다.

너의 손길은 부드럽고 너의 제스처는 나를 설레게 만들었다.

나한테 네가 없었다면 내 삶은 어땠을까?

네가 있어 이 세상이 참 좋다.

이 음악을 듣는 내내 나의 마음은 몽글몽글해졌고, 내 입에서는 탄식이 흘러나왔다.

나는 세상에서 가장 아름다운 사랑에 빠져 있었다.

쇼팽의 위대함, 그리고 키신의 천재성이 낳은 이 연주는 내 인생에서 다시 안 올 그런 감성을 선사했다. 연주가 끝나자 나는 자리를 박차고 일어나 브라보를 외치며 온 힘을 다해 박수를 보냈다. 그를 바라보는 나의 눈빛은 촉촉이 젖어 있었다.

연주 후 사랑이 그립고 아플 때, 내 심장이 차가워질 때마다 나는 「쇼팽 피아노 협주곡 2번」을 찾았다(그는 이 연주가 끝나고 나서 얼마 후에 결혼을 발표했다).

예브게니 키신 (Evgeny Kissin)
러시아 태생의 영국, 이스라엘 클래식 피아니스트

보스턴 심포니 오케스트라 (Boston Symphony Orchestra)
매사추세츠주의 주도 보스턴을 대표하는 오케스트라. 미국 3대 오케스트라 중 하나로 불릴 만큼 대단한 관현악단

 여러분의 클래식
클라스를 위해

나는 당신의 희생과 사랑을 먹고
무럭무럭 자랐다

볼프강 아마데우스 모차르트의
'아, 어머니께 말씀드릴게요' 주제에 의한 12개의 변주곡

Wolfgang Amadous Mozart 12 Variations on
"Ah vous dirai-je, Maman." (K.265)

나이를 먹을수록 엄마가 보고 싶은 날은 많아져 간다.

세상에서 엄마가 해준 밥이 제일 맛있고,

세상에서 엄마의 품이 가장 따뜻하고,

세상에서 나를 가장 잘 이해해 주는 우리 엄마.

매일 현실에 치여 살아가는 나는 엄마의 품이 항상 그
립다.

당장이라도 전화하면 수화기 너머로 엄마 목소리를 들을
수 있지만, TV에서는 '사랑하시면 전화하세요', '그리우시면
전화하세요' 이렇게 말하지만, 괜히 엄마 걱정하실까 봐, 괜
히 엄마 목소리에 눈물 흘릴까 봐, 나를 온전히 드러내고 엄
마와 통화하는 건 그리 쉽지 않다.

미국에 있는 동안 엄마가 참 많이 보고 싶었다. 엄마는 못하는 게 없는 뭐든지 다 할 수 있는 슈퍼 원더우먼이었다. 엄마는 내 마음속의 고향이자 안식처였다.

미세하게 달라진 목소리를 가장 먼저 알아보는 것도 엄마였고, 격하게 밝은 모습에 이상함을 감지하는 것도 엄마였다. 말하지 않아도 그녀는 알았다. 그녀에게 나는 0번이었다.

엄마는 나를 위해 아픈 몸에도 16시간의 비행을 마다하지 않으셨고, 영어 한 마디 못하시면서 매번 음식을 싸들고 나를 만나러 오셨다. 고기 냄새라면 질색하시는 분이 딸 힘내라고 그렇게도 열심히 고기 반찬을 해주셨다. 그녀는 나를 위해서라면 못할 게 없었다.

엄마는 나를 그렇게 금이야 옥이야 키웠다. 결혼해서 독립하고 가정을 꾸리고도 남을 나이였지만 나는 그녀에게 여전히 다섯 살짜리 딸이었다.

엄마의 품이 그리운 날, 나는 이 곡을 들었다.

'반짝반짝 작은 별.'

이 멜로디를 듣고 있으면 내 마음은 편안해졌다. 어릴 적 나를 토닥거리며 재워주던 엄마가 생각났다. 따뜻한 엄마의 품 속에서 자장가를 듣던 내가 떠올랐다.

문득 올려다본 하늘은 반짝거리는 별로 찬란하게 빛나고

있었다. 하늘을 바라보며 나는 누웠다. 반짝거리는 별을 보고 있으니 엄마와 함께한 추억이 주마등처럼 스쳐 지나갔다.

엄마가 옆에 있기에 세상 무서운 게 하나 없던 나였다. 힘든 집안 사정에도 나에게 전혀 티 내지 않았던 우리 엄마, 내가 속을 썩여도 항상 기다려주었던 우리 엄마, 내가 좀 유별나게 굴어도 개성이라 생각해 주던 우리 엄마, 아무리 꽃이 예쁘다 한들 자식같이 예쁘겠냐며 내가 제일 예쁘다던 우리 엄마, 당신이 아파도 나를 위해서라면 갑자기 건강해지는 우리 엄마.

음악을 듣는 내내 내 눈가엔 눈물이 고였다.

그랬다. 엄마는 나밖에 몰랐다. 내가 보기엔 희생이었지만 당신은 사랑이라 표현하셨다. 나는 당신의 희생과 사랑을 먹고 무럭무럭 자랐다.

세상 모든 엄마들에게 존경의 마음을 보냅니다.

 여러분의 클래식 클라스를 위해

나홀로 파티를 즐기다

드미트리 쇼스타코비치 재즈 모음곡 1번
Dmitri Shostakovich - Suite for Jazz Orchestra No. 1

잘 알려진 버클리 음대가 내가 다니는 학교 옆에 있었다.

조금만 노력하면 재즈를 공부하는 친구들과 친해질 수 있었음에도 나는 쉽사리 다가가지 못했다. 초보 유학생이자 피아노로 한 획을 그어보겠다는 큰 의지를 가지고 간 터라 여유가 없었다. 그저 앞만 보고 달렸다.

음악 학교 근처라 그런지 365일 동네에서 음악 소리가 끊이질 않았다. 가끔은 좀 과하다 싶을 때도 있었지만 그래도 자유로운 모습이 참 좋았다.

주말마다 세 집 건너 한 집은 파티를 했다. 앞만 보고 사는 나에게 파티 소리는 굳은 의지를 흔드는 마법 같았다. 들리는 음악 소리에 나의 몸과 마음은 들썩거렸다. 당장 문을 열고 나가 그들과 함께 즐기고 싶었지만, 내가 친 벽을 무너뜨 릴 자신이 없었다. 그렇다고 매주 이렇게 지낼 수도 없는 노 릇이었다. 고심 끝에 집에서 홀로 재즈파티를 시작했다. 먼저 음악을 틀었다.

드미트리 쇼스타코비치 재즈 모음곡 1번.

내가 아는 재즈라곤 클래식 작곡가가 만든 이 음악뿐이었 지만, 그래도 재즈지 않은가. 와인 한 잔에 이 음악이 전부인 파티였지만 나에게는 충분했다.

선술집에서 흘러나오는 음악을 들으며 나는 사람들에 둘 러싸여 있었다. 사람들과 술잔을 부딪치고 서로 몸을 부딪치 며 대화했고 춤을 췄다. 각자의 사연을 뒤로 한 채 우리는 오 늘 이 밤을 즐겼다.

술 집 안에 있는 사람들의 뜨거운 열기를 피해 우리는 테라스에 자리를 잡고 앉았다. 별빛 가득한 여름 밤에 와인 을 들이키며 우리는 뭐가 그리도 즐거운지 하하호호 웃어 댔다.

다들 헤어지고 홀로 남겨진 어두운 밤 나는 음악 소리에 맞춰 몸을 이리저리 움직였다. 눈치 볼 일도 없고 신경 쓸 일 도 없는 이 순간, 술에 취해 즐기는 이 밤이 참으로 좋았다. 반짝거리는 별이 가득한 밤하늘 아래 나는 한껏 자유를 만끽

하고 있었다.

그들과 함께할 자신이 없어서 시작된 나만의 파티가 점점 힐링의 순간이 되었고, 와인과 음악만 있던 파티에 캔들과 안주도 등장했다.

이런 천국이 따로 없었다.

피로와 걱정, 스트레스는 한 방에 날아갔다. 이보다 더 행복할 수 없었다. 유학 생활이 끝난 후에도 답답하고 힘들 때, 와인과 함께 이 음악을 그렇게 들었다.

속상하고 우울한 날.

무엇을 해도 안 되는 날.

인생이 내 마음을 몰라주는 날.

눈치 안 보고 몸 흔들고 싶은 날.

걱정과 고민 따위 다 벗어버리고 싶은 날.

그대로의 나를 받아들이고 싶은 날.

와인과 음악과 함께 잠깐 현실 도피 어떨까?

초보자 유학생이라는 딱지를 뗄 무렵 친해진, 재즈를 공부하는 친구에게 나는 물었다.

"재즈 음악 중에 내가 좀 좋아할 만한 음악이 뭐가 있을까?"

그들의 추천으로 알게 된 여러 곡의 재즈 음악 중에 내 귀를 사로잡는 음악이 있었는데, 다이애나 크롤(Diana Krall)의 「유혹(Temptation)」이었다.

듣자마자 흠뻑 빠진 나는 무슨 말을 해야 할지 몰랐다. 내 몸에는 소름이 돋았고, 입에서 탄식이 흘러나왔다. 그녀의 목소리는 이래도 되나 싶을 정도로 섹시하고 매력적이었다(나중에 안 사실이지만 그녀는 재즈계의 천재 가수라고 하더라).

그녀가 내뿜는 분위기는 그야말로 나를 압도했다.

그녀의 저음은 내 몸의 감각을 깨우는 동시에 나를 몽롱하게 만들기도 했다.

하루의 에너지를 다 써버린 날, 소파에 앉아 와인과 함께 듣는 이 곡은 내 몸의 긴장을 풀어 주는 동시에 하루를 열심히 산 나에게 보상이 되었다. 비 오는 날 듣는 이 곡은 내 감성에 불을 붙였으며, 눈을 감으면 여기가 재즈클럽이었다. 잠이 안 오는 지녁 밤, 이 곡을 들으면 나도 모르게 스르르 잠이 들었다. 그녀의 목소리는 나를 설레게 만드는 동시에 편안함을 주는 보물이었다.

 여러분의 클래식
클라스를 위해

난 오뚝이처럼 다시 일어났다

안토닌 드보르작 교향곡 9번 '신세계' 4악장
Antonín Dvořák Symphony No.9 "New world" 4th movement

뒤늦게 정신 차린 나는 참 열심히 연습했다.

여기저기 오디션 원서도 많이 넣고, 콩쿠르 지원도 많이

했다. 결과는 내 생각처럼 호락호락하지 않았다.

참 많이도 떨어졌다.

기쁨보다 좌절을 맛보는 날이 대부분이었다.

내가 그렇게 못하는 걸까?

이게 내 길이 맞기는 한 걸까?

내가 이걸로 밥벌이는 할 수 있을까?

고민의 연속이었고, 점점 나의 사기는 떨어져만 갔다.

주변 사람한테 위로 좀 받으면 좋으련만 자존심에 떨어졌다는 말이 차마 입 밖으로 나오지 않았다. 떨어진 게 결코 잘못이 아닌데 괜히 내가 못난 사람 같아 보였다.

그날도 어김없이 지원서를 쓰고 있었다.

이번은 붙었으면 좋겠다는 마음을 가지고 지원서를 쓰면서도 또 떨어졌다는 메일을 읽고 있는 내 모습을 상상했다. 점점 내 자신에 대한 확신이 사라져 가고 있었다.

그때 마침 라디오에서 「드보르작 교향곡 9번 '신세계' 4악장」이 흘러나오고 있었다. 예전 같았으면 내가 아는 교향곡이라며 그냥 지나쳤을 텐데, 그날은 아니었다.

처음 등장하는 관악기 소리가 나를 울렸다. 결국 해내고 말 거라면서 나에게 파이팅을 외쳐 주고 있었다. 지금까지의 나의 행적을 아는 듯 그들은 나를 위로했다. 그들의 격려에 나는 지금까지의 나를 돌이켜봤다.

정말 부지런히 열심히 살았구나.

그들은 강약을 조절하면서 내 긴장을 밀고 당겼다. 나는 음악에 몸을 맡긴 채 눈을 감았다.

음악은 참으로 구슬펐지만, 힘이 있었다. 정신이 약해질 대로 약해진 나는 자꾸 소름이 돋았다. 멜로디 선율, 악기들의 소리는 내 뼈를 관통하는 듯했다.

음악은 머리부터 발끝까지 내 몸 전체를 깨웠다. 불안하고 어지러웠지만 무섭지 않았다. 내 자신이 치유돼 가고 있다는 생각이 들었다. 음악은 결코 나를 혼자 놔두지 않았다. 어떤 방식으로든 계속 나를 밀어붙였다. 쉬지 않고 흐르는 음악은 나에게 에너지와 생기를 불어넣어 주었다. 음악이 끝나고 눈을 떴을 때 내 의지는 활활 타오르고 있었다.

마치 내 머리에 마술을 부린 것처럼…….

그 이후로도 나는 해도 너무 할 정도로 수도 없이 떨어졌다. 정말 다 그만두고 싶은 마음이 굴뚝 같았지만, 지금까지 이렇게 해왔는데 그만두자니 또 그럴 수 없었다.

힘을 얻으려고 다시 이 곡을 틀었다. 어떤 날은 음악을 들으면서 그렇게도 서럽게 울었다. 하지만 신기하게도 음악만 끝나면 기적같이 힘이 났고 난 오뚝이처럼 다시 일어났다.

그렇게 이 곡은 내 인생에서 없어서는 안 될 곡이 되었다.

2007년 4월 16일, 베네딕토 16세 교황님의 80세의 생신을 기념하며 연주회가 열렸다.

베네수엘라가 낳은 천재 지휘자 구스타보 두다멜은 교황님 앞에서 「드보르작 교향곡 9번 '신세계'」를 연주했다.

그 영상을 본 나는 교황님 생신에 이 곡을 연주한 의미를 생각하기도 했지만, 그보다 교황님 앞에서 열정을 다해 연주하는 두다멜이 매우 인상적이었다.

그의 모든 것을 담아 연주하는 듯했다. 그의 손짓, 몸짓, 표정에서 뿜어져 나오는 힘은 나를 압도했다.

그의 연주를 보고 있노라면 괜히 나를 반성하게 되고, 내가 너무 자만했던 게 아닌가 하는 생각이 든다.

그는 처음부터 마지막까지 놓치는 부분이 하나도 없었고, 그냥 흘러 지나가는 부분이 없었다. 마지막 음까지 그의 손과 눈빛은 음악에서 벗어나지 않았다. 그의 음악에 대한 관심과 사랑에 비하면 나는 아직 어린아이였다.

내가 이 정도면 괜찮다고 생각할 때, 너무 힘들어서 그만두고 싶을 때, 나는 이 영상을 꺼내 보곤 한다. 그의 열정을 느끼고 나면 나는 다시 숙연해지고 겸손해지면서 피

아노 건반 위에 손을 올린다. 덕분에 힘든 고비는 무사히
지나간다.

 여러분의 클래식
클라스를 위해

나는 무대에서 연주를 할 때면 떨리지 않게 해달라고 기도한다. 또한 내가 느끼는 감정이 관객에게 잘 전달되게 해달라고 기도한다. 완벽하게 연주하기보다 사람 냄새가 날 수 있게 해달라고 기도한다.

슬픈 감정을 가지고 연주한 날, 관객 중 누군가가 마음이 아렸다고 이야기한다면, 그날의 연주는 대성공한 것이요,
기쁜 감정을 가지고 연주한 날, 관객 중 누군가가 함박 웃음을 짓는다면, 그날의 연주는 대박인 것이다.

나는 무대 위에서 음악을 통해 나와 관객의 감정을 공유하고 그들과 소통하는 게 참 좋다.

이 책도 그렇다.

무대 위의 피아노가 아닌 책 속의 글로 음악을 이야기하고, 독자들과 감정을 함께하고 나누고 싶었다.

더 나아가 글과 음악을 통해

그들의 추억을 꺼내고 그들을 위로하고 싶었다.

그래서인지 아무 곡이나 선정할 수는 없었다.

더 많이 생각하고, 더 많이 듣고, 더 많이 느껴야 했다.

흔히 느끼는 감정을 대변할 음악을 찾았고,

현실을 잊을 수 있는 음악을 찾았다.

비록 초보 작가이지만 마음만은 프로 작가였다.

초보 작가의 책을 향한 진정성과 고민의 흔적을 보셨는지

이 책은 우수오디오북 콘텐츠(한국출판문화산업진흥원 주관)에 선정되는 영예까지 안았다.

믿기지 않았다.

하지만 나의 진심과 의도를 알아주신 것 같아서 너무 감사했다.

이 책의 음악과 글이 당신을 위로하고 나의 진심이 당신에게 전달되었기를 희망합니다.

마지막 장까지 읽어주셔서 정말 감사드립니다.